今天也要很甜哟

tián

羲和清零　等◎著

求撩

目录

CONTENTS

第一集 ACTION

总裁与小可爱

吕天逸（阿逸）

一个狂放不羁的作者。

大脑常年漏风，刚填平东边，

西边又塌了。

微博：@阿逸____

目标人物

小可爱

套路不够，

法术来凑

行动预案

我是茅山道术第

二十三代传人，

我怕谁！

作战宣言

正在搜索…

敌情判断

不按套路

1

很久很久以前，有一个总裁助理。

总裁助理长得精致又可爱，所以简称“小可爱”。

总裁就是千篇一律的完美男神，作者懒得描写。

简单来说就是——总裁，帅，钱。

唯一有一点不太一样的是，总裁特别迷信。

一个年纪轻轻、一看就受过高等教育的霸道总裁，一天到晚神叨叨的。

每天早晨，总裁到了办公室的第一件事就是蹲在办公桌下面，用毛笔画阵法。

小可爱刚来的时候很好奇：“X 总，您在画什么呀？”

总裁神秘兮兮：“五鬼运财阵。”

小可爱：“……”

不过总裁的确很有钱，所以你也没办法证明这个阵法是没用的。

总裁两块健美漂亮的胸肌之间，常年悬挂着一个红线串着的铜钱。

小可爱很好奇：“X 总，您为什么戴着这个啊？”

总裁邪魅一笑：“辟邪。”

小可爱：“……”

不过这不耽误大家欣赏总裁好看的胸肌。

小可爱工作兢兢业业，一丝不苟，几乎从来不出差错。想总裁之所想，急总裁之所急，而且一没和总裁吵过架，二没抽过总裁嘴巴子，三没被总裁开车撞，所以并没有引起过总裁的注意。

小可爱在总裁身边干了一年助理，鞍前马后，精细周到。

这一年，春天来了，总裁带小可爱去公园。

小可爱不解：“X 总，您这是……”

总裁丢给小可爱一个袋子："下去捡花。"

小可爱拎着塑料袋下车了，满地桃花。

总裁："捡桃花花瓣，有多少捡多少。"

小可爱："您需要花瓣的话，我去花店给您买？"

总裁："必须要桃花。"

小可爱："桃花也行，我去联系，您需要多少？"

总裁："必须要阳春三月，开在人来人往之处，饱吸人气的桃花。"

小可爱好奇："您用来做什么？"

总裁："榨汁。"

小可爱："……"

总裁补充道："榨汁混合桃花符燃尽后的香灰服下，可以招来桃花运，让我喜欢的人也喜欢我。"

总裁一向都是这么迷信的，小可爱习惯了，也不多问，开始捡花。

小可爱捡了一塑料袋的花，递给总裁。

总裁接过花。

第二天，小可爱忽然发现原本就很帅的总裁似乎变得更帅了。

小可爱感觉总裁的一呼一吸间都有浓郁的荷尔蒙。

小可爱觉得总裁眨一下眼睛都是在撩自己。

小可爱和总裁相处了一上午，脸红心跳得快要昏过去，于是小可爱在吃中午饭时偷偷问别的同事。

小可爱："你们觉不觉得……X 总今天好像有点儿不一样？"

同事："没啊，哪不一样？"

小可爱："就……就……更帅了？"

同事乐了："一直都挺帅啊。"

小可爱："就……今天突然更帅了。"

同事："没啊，怎么就更帅了？"

小可爱："那你有没有感觉，X总今天特别有魅力？和平时哪天都不一样，特别特别有魅力。"

同事翻了个白眼："你不是喜欢上人家了吧？那是咱公司老总，甭想了。"

小可爱惊了："我没有！"

同事："你自己照照镜子去，一脸荡漾，还没有？

小可爱去照镜子。去卫生间的路上正好和X总擦肩而过，小可爱顿时一阵腿软。

小可爱走到镜子前一照，果然一脸荡漾。

小可爱："……"

小可爱慌了，心里乱七八糟的，想的全是总裁。

一和总裁对视，小可爱的大脑就一片空白。

因为心不在焉，所以平时做事一向很用心的小可爱就开始一反常态，各种出错，各种犯蠢。

小可爱毛手毛脚地打翻了总裁的茶杯，弄得满地碎片。小可爱忙蹲下捡，手却被总裁按住了。

小可爱感觉自己要窒息了。

总裁深深地望了小可爱一眼，说："小心点。"

然后总裁亲自打扫了碎片。

小可爱感动得快要哭出来。

小可爱不小心把总裁开会要用的文件拿错了，害得总裁在会议上很尴尬。

会议结束，小可爱面红耳赤地道歉："对不起，x总，我做事太不认真了……"

总裁微微一笑："没关系，下次注意。"

小可爱心跳快得几乎晕过去。

小可爱弄丢了总裁的车钥匙，趴在地上找。

总裁也趴在地上找。

两个人在总裁办公室爬来爬去找钥匙，最后同时在办公桌下发现了钥匙，去拿钥匙的两个人撞在一起，额头贴额头，差点儿亲上。

小可爱慌忙道："我来我来……"

总裁颔首一笑，吐息中带着淡淡的薄荷气息，轻轻扫过小可爱的嘴唇。

小可爱的脸红成了西红柿。

小可爱想总裁想到宛若智障，走路时，平地左脚绊右脚，"扑通"一下倒入迎面走来的总裁怀里。

总裁一把死死抱住小可爱并疯狂分泌荷尔蒙。

小可爱激动得险些原地猝死。

小可爱："对、对不起，x 总，我不小心……没撞疼您吧？"

总裁把人抱得死紧："没。"

小可爱结结巴巴："那您……松开？"

总裁装没听见，继续抱得死紧，关切问："怎么会平地摔？是不是身体不舒服？"

小可爱蒙了，顺着话说："有点吧……"

总裁毫无撒手的意思："低血糖？"

小可爱六神无主："嗯……可能是……"

总裁："要去休息室躺一下吗？"

小可爱："好……"

总裁："要喝点热巧克力吗？"

小可爱："好……"

总裁："要请一下午假吗？"

小可爱："好……"

总裁："要和我在一起试试吗？"

小可爱惯性地答道："好……"

片刻寂静后，小可爱："您说什么！"

总裁："要和我在一起试试吗？我喜欢你。"

小可爱激动得陷入了半昏迷状态，连忙掐自己的人中，把自己掐醒了。

总裁："……"

小可爱："……"

总裁小说诚不欺我，原来只要接二连三地犯错就会被总裁爱上！

小可爱掐着人中道："要！我要！我也喜欢您！"

恋爱就这么谈起来了。

♡ 2 ♡

可是好景不长，谈恋爱的第二天，小可爱在去公司的路上被车撞死了。

小可爱的魂魄飘浮在空中，看着车轮下自己的尸体，很气愤。

好歹让我和 x 总谈几天恋爱再死啊！

有路人打120，车祸现场乱成一团，肇事司机被人民群众团团围住。

这时，小可爱尸体裤兜里的手机响了，来电提醒是"老公"。

其实之前一直是 x 总。

昨天晚上才改成"老公"的。

一位热心群众接起了电话……

小可爱气得在天上乱飞！

因为小可爱自己都还没接过来电提醒是"老公"的 x 总的电话呢！

这位热心群众看看屏幕，再看看小可爱的尸体："喂，这个电话的机主被车撞了，你快过来看看，地址是……”

x 总很快就驱车赶了过来，比救护车还快。

小可爱的魂魄泪汪汪地看着 x 总。

小可爱想象着 x 总看见自己的尸体时，一向引以为豪的自制力轰然崩塌的样子；想象 x 总哭着抱起自己的尸体，撕心裂肺地对无辜围观群众大吼“这个人如果死了我要所有人陪葬”的样子；想象 x 总在暴雨中流泪狂奔大喊“我不信我不信”的样子……

但是，万万没想到，x 总只是冷静地单膝跪在小可爱的尸体旁，用手探了探尸体的鼻息，面色沉痛道：“……没有呼吸了。”

x 总眼眶泛红，掉了两滴泪。

x 总脱掉自己的外套盖在小可爱身上，拉着小可爱的手，轻声安慰：“宝宝，别怕。”

然后就没别的了。

对，就没别的了。

超冷静。

小可爱的鬼魂气疯了，险些成厉鬼！

小可爱的鬼魂大声咆哮道：“x 总，你这也太冷静了！看见我死了居然这么冷静！你根本就不爱我！你只是想玩玩我而已！我家里的狗死了我都哭了好几天！我一个大活人，还是你对象，你居然只掉两滴眼泪……”

小可爱的亲人朋友也都知道了这件事，有哭的，有嚎的，极力撕心裂肺，个个都比总裁真情实感。

小可爱气呼呼地端坐在灵堂上，拿起一个贡品桃子，“咔嚓咔嚓”地吃。

去他的爱情！亲情和友情才是真的。

小可爱看着自己的葬礼进行。

小可爱的鬼魂努力安抚着那些伤心的人，虽然他们听不见。

小可爱的鬼魂横眉竖目地瞪着那些在葬礼上玩手机的人，虽然他们看不见。

小可爱凑过去看人玩游戏：“哼！活该你输，让你在我葬礼上玩手机。”

那人没听见。

小可爱把宾客全看了一圈。

总裁没来参加葬礼。

小可爱又拿起一个贡品香蕉，大口大口地吃了起来。

来不来随你，又没盼着你来，哼，我连想都不会想一下的，小可爱如此想到。

葬礼进行到中途，突然有人尖叫。

那人：“天寿啦！骨灰盒不见啦！”

大家四下里找了一圈，都没找到骨灰盒。

大家：“天寿啦！有人偷骨灰盒啦！”

小可爱手里的香蕉掉在地上。

小可爱心里涌动着一种莫名的预感。

小可爱飞一般地朝总裁家方向飘去！

魂魄飘得特别快，速度和汽车差不多，而且还不会堵车。

所以小可爱赶到总裁家时，正好撞见总裁从车库走出来。

总裁戴着帽子、墨镜及口罩，遮得非常严实，鬼鬼祟祟地捧着一个骨灰盒。

小可爱惊了。

小可爱其实也没想到自己这个莫名的猜测居然会成真。

小可爱：“你……你为什么偷我骨灰盒？”

总裁看不见也听不见，沉默不语地抱着骨灰盒进了家门。

小可爱穿墙飘进去。

因为就是想穿一下墙，新鲜。

总裁抱着骨灰盒去了地下室，地下室有各种奇奇怪怪的东西，看起来像是法器之类的。

总裁小心地把骨灰盒放在桌上，卸去口罩、帽子及墨镜，轻轻地亲了一下小可爱的骨灰盒。他凝视着骨灰盒，温柔道：“宝宝别急，乖乖等着。”

小可爱指着自己的鼻子：“我在这儿呢！”

总裁望着骨灰盒，自言自语：“我要让你起死回生，我有办法。”

小可爱：“真的假的？但我都烧成灰了啊……”

总裁仍听不见，他像抱老婆一样抱着骨灰盒，絮絮叨叨地对骨灰盒说起了情话：说自己对小可爱刚进公司时的印象，说小可爱工作尽职尽责一丝不苟引起了他的注意，说小可爱的长相是他喜欢的类型，说他越和小可爱相处就越心动……

小可爱在一旁听着，泪流不止。

小可爱觉得自己误会总裁了。

小可爱钻进总裁怀里，让自己的魂魄和骨灰盒重合，这样就好像总裁抱着自己一样。

总裁絮叨累了，小心地放好骨灰盒，弄来一堆工具，其中有一口大缸。

小可爱困惑地飘在旁边看着。

总裁系上一条围裙，拆了几大包包装非常精致的土倒进大缸里，然后又用量杯量水倒进去，开始“和稀泥”。

小可爱：“……”

总裁和了一会儿泥，看差不多了，便在围裙上抹了抹手，拿起桌上的一本老掉渣的线装古书，边看边从桌上拿起一瓶不知道是什么的粉末，用量勺舀了平平的三勺，洒进缸里，然后又放下这种粉末，拿起另一种……

看起来非常像一个在学习新菜的主妇！

在配料的中途，总裁还出去接了一个电话，小可爱隐隐约约听见总裁的声音从地下室的门外飘进来，什么 B2B、C2C、互联网思维、新三板上市……讲完这通电话，总裁穿着脏兮兮的围裙回来，继续专心致志地搞封建迷信活动，低头和稀泥。

本来被总裁专心致志的表情弄得有些相信的小可爱开始觉得这事有点儿戏了。

因为总裁这电话讲得，实在是没有一点得道高人的范啊！

什么起死回生，气氛全无好嘛！

然而就在小可爱开始觉得总裁不靠谱的这一瞬间，总裁打开小可爱的骨灰盒，把骨灰全倒进了那口大缸里。

小可爱失声尖叫："啊啊啊啊啊！"

♡ 3 ♡

总裁把小可爱的骨灰倒进大缸里，搅拌均匀。

骨灰拌泥。

小可爱几乎快要背过气了！

虽然并没有气可以背……

搅拌均匀后，总裁去洗了手，然后用刀在自己手指上深深地划了一道，将流出来的血滴进缸里，和小可爱的骨灰与那成分奇怪的泥融在一起。

做完这一步，总裁给自己贴了个创可贴，自言自语："好了。"

目睹自己骨灰拌泥的小可爱瘫软在沙发上。

总裁一脸严肃，胸有成竹地自言自语："下一步就是把这些造人泥捏成宝宝的样子……"

小可爱多少被总裁自信的气场感染了，心里忍不住又泛起一丝期待——

万一呢？

万一是真的呢？

结果总裁从书架上取下两本书。

一本是《从零开始掌握雕塑技法》。

一本是《从零开始学习人体结构》。

小可爱再次昏死过去。

什么从零开始！什么叫作从、零、开、始！

总裁翻看了一会儿那两本书，强行开始雕塑。

小可爱：“喂喂喂！你会不会啊！”

小可爱：“你去报个雕塑班好不啦？”

小可爱：“再不济你也多看会儿书啊，这一目十行的能看明白什么啊？”

总裁和泥巴搏斗了一会儿，果然捏不好。

总裁捏出来的小可爱，宛如被太阳晒化的肉山大魔王。

小可爱整个魂魄陷入癫狂：“啊啊啊啊啊！你再这样我就要化成厉鬼咬你了！”

总裁带着满手的泥巴，站在原地发怔：“怎么这么难？看师父捏得很简单啊。”

小可爱痛苦地抓自己的头发：“因为你师父练过啊！”

不对，等等，他说什么师父？

可是总裁没再提师父这茬儿，他皱眉思索道：“肯定是因为没参照。”

说着，总裁拿出手机，打开一个相册。

小可爱凑过去一看，里面全是总裁的偷拍！

偷拍的全是小可爱！

小可爱：“……”

做痴汉这么久真是辛苦你了。

总裁的高冷男神形象至此全面崩塌，第一次谈恋爱把对方幻想得特别完美的小可爱彻底幻灭了。

总裁照着小可爱的照片捏了一会儿，肉山大魔王多少有了些人形——

变成了肉山二魔王。

总裁："还是不行。"

整个黑化掉的小可爱："……"

总裁当场就掏出手机，在网上报了个雕塑兴趣班。

现学现捏！

总裁雷厉风行地去上雕塑班了。

小可爱一脸放空地看着那一大摊骨灰泥："……"

总裁踌躇满志。

霸道总裁为爱学习雕塑，那短命的人，让老公用真情带你重回人间！

然而，上了一节课之后，总裁觉得学雕塑实在是太难了。

于是总裁就放弃了。

总裁花重金把雕塑老师请回家了。

地下室里，总裁拿出自己的手机，调到偷拍的相册，给老师看："就捏这个人，要一模一样。"

老师看看那个偷拍相册，再看看总裁，眼神变得微妙起来了。

总裁："您不要误会。"

老师忙道："没误会，没误会。"

总裁："……"

老师开始捏小可爱。

总裁在一旁提要求。

总裁："腿能不能捏长一点？"

小可爱："嫌弃我腿短？！"

总裁："腰……再细一点吧。"

小可爱："已经很细了好吗！"

总裁脸红，扭头轻轻咳了一声，含糊道："咳，老师……那个。"

老师："嗯？"

总裁："屁股……再多放点肉。"

老师："……"

小可爱："……"

我当时究竟是怎么喜欢上这个衣冠禽兽的！

老师按照总裁的要求捏，捏得差不多了，只差……

而这时，总裁表现出了标准的总裁式占有欲："等等，这里我自己捏。"

老师："……"

总裁周身狂霸之气乱舞："我老婆的那个部位，全世界只有我能碰。"

老师看着自己面前的泥人："……"

这学员，可别是个傻子吧？

小可爱开始反省自己当时为什么会鬼迷心窍地喜欢上一个这么不靠谱的家伙。

可以说是非常想分手了！

老师走了，总裁用剩下的泥补完了泥人。

这泥人就算做完了。

总裁拿了一本线装古书，用毛笔蘸了一种奇怪的颜料，以泥人为中心，照着那本古书，在泥人周围画了一种很复杂的阵法。

小可爱紧张地在一旁看着。

阵法画完了，总裁把手里的古书翻过一页，低头看一眼，再抬头闭眼复述一句，看起来非常像中学生在背课文。

他背的东西小可爱听不懂，虽然是中国话，但特别晦涩拗口。

最后，总裁终于把那一大篇类似咒语的东西背熟了。

总裁站在阵法正中间念咒。

总裁："blablablabla……魂兮归来——"

小可爱："……"

小可爱就能听懂最后这四个字。

总裁念完咒，一只戴着奢侈名表的手重重拍在阵眼上。

与此同时，一股巨大的力量袭来，那股力量拉扯着小可爱，将小可爱的魂魄拽向那个泥人……

4

小可爱再睁开眼时，发现自己活了。

说来奇怪，泥人本来只是一个泥人，捏出来的小可爱也整个的都是黄色的泥土人，但小可爱的魂魄一进去，泥人周身就泛起白光，等光线暗下去后，泥人变成了一个彻头彻尾的活人。

没错，这就是造人术的力量。

自动生成内部的大脑、血管、骨骼以及直肠等内部器官……贼神奇！

小可爱动了动身体，发现自己居然真的就这么复活了。

小可爱震惊得说不出话来。

死过一次的人，更明白生命的可贵。

小可爱激动得快要哭出来。

总裁也很激动，他上前一步，紧紧抱住小可爱，抱得非常紧，仿佛恨不得把人揉进自己的身体！

小可爱感觉自己的大肠都快被勒出来了。

小可爱："轻一点……"

总裁稍稍松开一些，深情道："宝宝，你终于回来了。"

说完，总裁一低头，就要亲小可爱。

这么激动人心的重逢时刻，而且还是情侣，按理说肯定是要疯狂接吻的，这没毛病。

然而问题是……

小可爱已经不想被他亲了！

小可爱感觉自己好像不怎么喜欢总裁了！

小可爱现在深深地怀疑总裁是不是给自己下降头了！

小可爱机敏地朝左一扭头，躲开这一吻，岔开话题道："x 总，我真的太感谢您了，您怎么会法术的？"

总裁一吻落空，脸上透露着淡淡的不高兴，但还是先解释道："其实我是茅山道术第二十三代传人。"

说完，又一低头，要吻下去。

小可爱又灵活地朝右一扭头，继续岔开话题："您是茅山道士？怎么可能！您不是艾利斯顿商学院毕业的吗？毕业之后不是进入 xx 集团工作了吗？"

总裁又一吻落空，脸上的不高兴比较明显了，但还是解释道："我在茅山学成之后下山读了艾利斯顿商学院，我的梦想是从商。"

总裁："现在很多人专业都不对口的，很正常。"

小可爱："……"

但是，这也太不对口了吧？！

说完，总裁第三次低头，要吻下去。

小可爱柔软地一个后仰，第三次躲过总裁的嘴，继续聊："那您真厉害，这也算是双学位了。"

总裁三吻落空，非常不高兴："快过来给老公亲一下。"

小可爱捂着嘴："我不。"

总裁一脸受伤："我刚救了你的命，你就这样报答我。"

小可爱很内疚，但不喜欢就是不喜欢啊，小可爱提议道："我特别感激您，特别想报答，要不这样，我继续给您当助理，但不要工资行吗？您管顿饭，别饿死我就好。"

总裁："什么意思？"

小可爱小声道："我想分手……"

总裁："不喜欢我了？"

小可爱点点头。

总裁一脸意料之中的淡定。

小可爱："我冒昧地问一句，您……是不是给我下降头了？"

总裁脸一黑，表情很是不悦："怎么可能？"

小可爱忙道歉："对不起，是我想多了……"

总裁："我施的那叫桃花术。"

小可爱弱弱地问："区别在哪儿？"

总裁一脸凛然正气："降头是邪门歪道，我们茅山道术是正统！"

小可爱追问："那，实际的效果有什么区别吗？"

总裁："没有的。"

小可爱："……"

总裁扼腕叹息："桃花术的效果是有时限的，现在时限到了，效果就消失了。"

小可爱很气愤。

给自己施法，强迫自己喜欢上对方——这种过分的事，难道不值得非常用力地生气？

总裁哄道："宝宝别生气，我这么做都是因为喜欢你。"

小可爱："那你就不能好好追我一下吗？非要做这些。"

总裁："但我们总裁都是要巧取豪夺的。"

小可爱："……"

总裁认真解释道："我之前就属于巧取。"

小可爱从总裁的怀抱中挣脱出来，扭头就走。

总裁："你要去哪儿？"

小可爱气呼呼："不告诉你，我们已经分手了。"

总裁表情很兴奋："但是你还没穿衣服。"

光着屁股的小可爱："……"

总裁坏笑着搓手："我去给你拿衣服穿，嘿嘿。"

小可爱警惕地提醒道："我要正常的衣服。"

总裁一脸失望："哦。"

总裁拿出事先准备好的正常衣服。

又超级失落地收起了那些不正常的。

小可爱穿上衣服，再次扭头就走。

总裁再次问："你要去哪儿？"

小可爱气呼呼地重申："不告诉你，我们已经分手了。"

总裁一脸痛苦："这么绝情？"

小可爱："哼。"

总裁叹了口气，扭头走到地下室的冰箱前。

小可爱一是好奇，二是怕总裁又搞事，于是跟了过去。

总裁从冷藏室里拿出一个农 x 山泉的瓶子。

但是瓶子里装的却是一种不知名的粉色液体。

总裁拧开瓶盖，把瓶口对准自己的嘴。

小可爱有种不好的预感："这是什么？"

总裁拿着瓶子，邪魅一笑："这是用你亲手捡来的阳春三月饱吸人气的桃花汁混合桃花符灰制成的施术水。"

大总裁，大总裁，法力无边！

小可爱："……"

就拿农 x 山泉的瓶子装吗？这也太随便了好吗！

总裁洋洋得意地宣扬封建迷信："我只要轻轻抿上一丁点儿，就能让你再喜欢我一阵子，这一瓶的量够你喜欢我好几年了……"

出来混，说要巧取豪夺，就要巧取豪夺。

话音未落，小可爱抬手，"啪"一下把瓶子打落在地，桃花水全洒了。

总裁爱德华蒙克呐喊式捂脸："啊啊啊啊啊！"

小可爱愤怒："喝，喝，喝！我让你喝！"

总裁持续爱德华蒙克呐喊式捂脸："啊啊啊啊啊！"

小可爱："别叫了！"

总裁陷入了沉默。

小可爱已经不可能再去给他捡桃花了，而定向的桃花术必须要自己喜欢的人亲手捡来的桃花才会有效。

小可爱第三次扭头："我走了。"

总裁眼珠滴溜一转，面色一沉，严肃道："我劝你不要离开我十米以上。"

小可爱："为什么？"

总裁："在制造你身体的过程中，我往里面滴了几滴血，这几滴血是为了连通幽冥与阳间，想要法术成功非滴不可，但是滴了之后会有限制。"

小可爱有种不好的预感："什么限制？"

总裁一本正经地恐吓道："你和我血脉相连，一旦你离开我十米以上，这种血脉的连接就会被切断，你就会尘归尘，土归土，而且再也不能重生。"

小可爱"咕咚"咽了一口口水："你是不是为了让我待在你身边故意吓

我的？”

总裁：“不是。”

小可爱：“……”

总裁：“不信你就试试。”

黑化的小可爱咆哮：“好不容易活过来的我敢试吗！”

总裁威严：“那还不乖乖待在我身边十米以内？”

总裁：“你要去哪儿，我陪你。”

小可爱：“我要回家看我爸妈，告诉他们我还活着。”

总裁：“好的。”

♡ 5 ♡

于是总裁就这样见了小可爱的家长。

小可爱回了家，父母先是吓了一跳，随即和小可爱抱头痛哭起来。

三人抱头痛哭了好一会儿，总裁在旁边等。

哭完后，小可爱强行解释道：“其实我那天没死透，火葬场烧错人了……”

总裁打断，连珠炮道：“不是，是我用造人术让魂魄还阳，我是茅山道士，法力高强，如果没有我出手逆天改命塑身招魂，你们眼前仍然只是一盒骨灰blablabla……”

总裁就这样就厚着脸皮在未来岳父岳母面前狠狠吹了自己一波。

小可爱：“……”

就你有嘴吹牛。

小可爱父母也不相信是火葬场烧错人，烧人时亲属可以进去看的，烧的明明就是小可爱的尸体。

小可爱父母对总裁感激涕零！

虽然死人还阳这种事其实很可怕，但是父母才不在乎这个，父母只要看见孩子回来了就比什么都好。

总裁：“叔叔阿姨不要客气……以后我如果有什么请求，希望叔叔阿姨可以答应。”

小可爱父母表示：“好好好，什么都答应，命都给你！”

小可爱：“……”

总裁扭头露出一个“嘻嘻嘻”的贼笑。

笑完了，又转回来，仙风道骨，道貌岸然。

黑化的小可爱：“……”

我现在只想打死他。

小可爱、总裁和父母说了好一会儿的话。

父母做了一大桌菜，都是小可爱爱吃的，小可爱一顿狂吃，总裁宠溺地给小可爱夹菜。

总裁：“我是茅山道术正统传人，后在艾利斯顿商学院取得经济学硕士学位，现任 xx 集团总裁，有房有车无贷款，收入稳定长得帅，不碰烟酒三观正。”

小可爱：“……”

小可爱父母：“好好好，这么好的男人打着灯笼都找不到。”

总裁：“我在 xx 区 xx 路上有房子，全款买的，离公司很近，上班很方便，让宝宝搬过来和我住吧。”

小可爱：“……”

小可爱父母：“好好好，你说什么都行。”

小可爱父母就这样同意了这桩亲事。

总裁在小可爱家留宿了一晚，住在小可爱隔壁的客房。

第二天早晨。

小可爱去厕所。

小可爱在厕所里尖叫："啊啊啊啊啊！ xxx 你给我过来！"

xxx 就是总裁全名。

总裁一脸甜蜜地走过去，心想宝宝终于不叫我 x 总了。

总裁推开厕所门："宝宝，怎么了？"

小可爱坐在马桶上，可爱的脸通红："你、你……"

总裁发出一声低沉磁性的鼻音："嗯？"

小可爱牙一咬，心一横，问："我、我后面那个……没、没有……排泄器官……"

总裁："……"

总裁一拍大腿："大意了！"

忘捏了！

造人术只能自动生成内部器官，而那什么，是外部。

小可爱咬牙切齿，很想杀死他。

菊花这种东西是这样的。

平时一个人其实感受不到它的存在，也不会去刻意留心它，甚至就算它突然消失了都不会有人察觉的。

只有上厕所的时候，才会想起它来……

总裁："宝宝别急。"

总裁在小可爱身上拍了一下："blablabla……魂兮归去——"

小可爱就又变成了一个泥人。

小可爱的魂魄飘浮在泥人旁边，已经快要气死了。

以下的文字就最好不要描述了。

总之，泥人终于有了菊花。

总裁："blablabla……魂兮归来——"

小可爱就又变回人了。

总裁松了口气："对不起，是我疏忽了。"

小可爱看着总裁的中指，脸爆红。

总裁也意犹未尽地看着自己的中指。

经历了这么多的麻烦事之后，一向软糯温柔的小可爱已经非常暴躁了——变成了一个暴可爱！

总裁还在哄："宝宝别生气，是我不好，但我这不是知错就改了吗？我刚才弄得可认真了，还用指甲盖按了十八个褶……"

暴可爱咆哮："滚！"

总裁单膝跪在马桶前："我都给你跪下了。"

暴可爱抓狂："能不能让我好好上个厕所？我都憋疯了！"

小可爱以前听别人骂街，有一句话出镜率非常高——"生孩子没 x 眼。"

小可爱现在觉得这话真是太毒了，太恶毒了。

没那个是多么痛苦的事他们知道吗？

反正小可爱是知道的。

总裁出去了。

小可爱在厕所里解决了问题。

恍若新生。

6

小可爱又要回公司上班了。

毕竟小可爱不敢离开总裁十米开外，而总裁必须要去公司，所以没办法，小可爱只能继续给总裁当助理。

在小可爱回公司前，总裁给大家打好招呼了，用的还是当时小可爱想的借口，说小可爱当时其实还有一口气在，火葬场烧错了，烧的是别人的尸体，这也就是为什么葬礼上骨灰盒会失踪，那是人家家属发现烧错了，所以拿走的 blabla……

——扒瞎还扒得逻辑自洽了。

大家都表示“好好好，你发工资你说了算。”

小可爱搬进了总裁的家。

早晨，总裁开车拉小可爱上班。

晚上，总裁开车载小可爱下班。

小可爱瘫倒在副驾上，望着车窗外下班高峰期来往的车流思考人生。

一辈子就要这样和一个自己不爱的人绑定了吗？

小可爱委屈巴巴。

小可爱能理解总裁小说里那些被高富帅专情总裁死缠烂打但就是不从的女主了。

如此霸道专横、不顾别人感受，可见人品堪忧，这样的人，就算是高富帅，也是不可爱的。

车子开到一个上坡处，总裁突然一脚刹车停住了，邪魅狷狂道：“宝宝，下车。”

小可爱：“干什么？”

总裁周身王霸之气狂舞：“呵，下来你就知道。”

小可爱下了车。

总裁撸胳膊挽袖子，走向坡道上的一个老奶奶。

老奶奶提着一个一看就很重的袋子，很费力地走着这段上坡路，半截大葱从袋子里露出来。

总裁声音温柔极富磁性：“我帮您。”

总裁一身西装革履，拎着里面露出半截大葱的购物袋，把老奶奶送到上坡坡顶。

小可爱："……"

老奶奶走了，总裁转身："日常任务（1/10），完成。"

小可爱："你干什么呢？"

总裁走下坡，拉开车门坐进去："我学成下山前，师父告诉我要日行十善，上不封顶，这是师门规矩，不可违背。"

小可爱眨眨眼："那你可以成立一个慈善基金会……"

总裁摇头："师父说，每日十善必须亲力亲为，我茅山道术威力强大，所以门下弟子需始终心存善念，只有亲眼看见别人的难处，再亲力亲为行善才行，高处站久了，渐渐就会失了本心。"

小可爱心尖微微一颤。

总裁英俊又和气地笑了笑："我还得去行九件善事，你陪我做个日常。"

小可爱轻声道："好啊。"

总裁唇角一挑，眸光一暗，二话不说就对小可爱施放了一个车门咚，邪魅道："等做完了，乖乖和我回家，我 x 死你。"

小可爱："……"

总裁解释道："这个是豪夺，用强的。"

十秒钟后，总裁脸上带着一个通红的五指印，委屈巴巴地发动了汽车。

小可爱就跟着总裁去做日常了。

总裁开着他的豪车在街上游荡。

据说这附近这些日子飞车抢劫党很多，总裁锁定了几个骑着摩托车在街边慢悠悠地转来转去的小混混。

总裁："这几个肯定是。"

小可爱："是挺像。"

总裁："绝对是，我行侠仗义这么多年，有经验。"

小可爱："……"

总裁从车座下面摸出一把摸约三十公分长的小桃木剑拿在手里，视觉效果仿佛在卖萌。

总裁："一会儿就拿这个教训他们。"

小可爱静静看着他："……"

总裁对上小可爱的眼神，忙解释道："我有师父传给我的玄铁重剑，但是管制刀具不方便带在身边。"

总裁语重心长："共创和谐社会，从你我做起。"

这几个小混混并没有辜负总裁的期望，被总裁的视线锁定几分钟后，一个小混混飞车抢了一个过路人的包。

总裁瞬间举起事先准备好的桃木剑。

总裁穿着一身高级定制的西装，在他的豪车里大喊："神剑御雷真诀！"

抢了包的那个小混混刚骑出去没多远便应声倒地。

小可爱努力瞪大眼睛，然而并没有看到任何雷，那个小混混看起来就像是摩托没骑好而自己摔的。

总裁解释："这个'雷'，普通人看不见的，只有我们修行者能看见，这一下够他在家躺一个月了。"

小可爱："为什么是神剑御雷真诀？我在小说里看过，真有这个法术吗？"

总裁俊脸微红："不是，法术是用意念催动的，我觉得喊这个比较帅。"

小可爱冷静道："其实……有点儿傻。"

总裁："……"

这时，路人追上了倒地的飞车党，拿回自己的包，而这个飞车党的三个同伙也追了上去，要对路人动粗。

被心上人说傻的总裁尴尬地抿紧嘴唇，像挥舞魔棒一样挥舞着他的桃木剑，沉默不语地把另外三个小混混也劈倒了。

小可爱不好意思了："你爱喊就喊吧……"

总裁一脸不高兴："不喊，傻。"

小可爱："……"

总裁沉默了一会儿，说："我在山上待了十几年，师父说修道之人心要静，没有 wifi，又没有手机，一年只能下一次山，唯一的乐趣就是课外拓展阅读的时候看看修真小说，下山之后我经常被人笑情商低，没常识。"

小可爱脸红："我不是针对你……你别生气了。"

总裁眼珠一转，指指自己的脸："那亲一下。"

小可爱："……"

总裁一低头，厚着脸皮把自己的脸往小可爱嘴唇上贴了一下，强行被亲，然后提心吊胆道："真乖。"

提心吊胆是因为怕挨打……

小可爱没打，甚至也没反驳，只是翻了个白眼。

总裁心满意足地数了数："帮老奶奶提东西，教训了四个飞车党，帮一个人找回被抢的包，日常完成6/10了。"

小可爱："我怎么隐约感觉你在偷懒。"

总裁痛心疾首："不然哪有那么多好事可做。我又不是蝙蝠侠。"

小可爱笑出声。

为了赶快把日常做完和小可爱约会，总裁下一站去了流浪动物之家，送了一批猫粮狗粮。

搬完粮，总裁拍拍手，厚着脸皮偷懒道："这里收留了几十只流浪动物，一只算一善，日常超额完成。"

小可爱："……"

总裁："宝宝，我们去山顶看星星。"

于是他俩开车去山顶看星星，非常浪漫。

♡ 7 ♡

山顶上。

苍穹清透如洗，小小的星辰繁密地铺洒在空中，像黑绒布上被碾碎的钻石。

小可爱仰望星空："真漂亮。"

总裁得意地邀功道："为了今天带你来看星星，我昨晚在家烧了三张驱雨符。"

小可爱："驱雨符？"

总裁傲然道："你看这座城市天上一点云都没有，都是被我驱散的，没有云才能看见这么多星星。"

小可爱笑了笑："你真厉害。"

总裁目光深邃，一脸潇洒地炫耀道："驱雨符很贵，制作材料很难买，一般的道士画不起的。"

三张昂贵的驱雨符。

这也算是为了恋人一掷千金了。

霸道总裁人设不崩。

小可爱觉得这样的总裁很可爱，忍不住捏捏他的脸。

小可爱想了想，略疑惑："道士不应该都很有钱吗？你们会画五鬼运财阵啊。"

顿了顿，小可爱促狭道："你能当上总裁，是不是就是因为五鬼运财阵？"

就总裁这个性格，没有法术加持，在商战中肯定早就被吃干抹净了。

总裁脸一红："嗯。"

总裁想了想，觉得不劳而获的人设不太好，便道："但是我们道士也有法力高下之分，像我师兄是我们这届里天资最差的，画一天这个阵撑死只能运来五块钱，还不够他买颜料的。"

小可爱笑出声："哈哈哈哈哈。"

总裁继续自吹自擂："我在我们这届里是天资最好的，而且还努力，我画的符经常被师父当成范符在全门派传阅，我年年都是三好学生，阵法画得好，咒语背得好，炼气炼得好……"

茅山派三好学生！

哈哈哈哈哈哈哈哈哈！

小可爱笑得几乎背过气去。

总裁小心翼翼地问："宝宝，你笑什么？你们不是也有三好学生吗？"

就是也有才好笑啊！小可爱笑得更厉害。

总裁不敢再说话，只好沉默地看星星："……"

星星很美。

小可爱的笑容很可爱。

总裁沉溺于这恋爱一般的氛围中，不可自拔。

小可爱笑够了，问："你们可以修仙吗？"

不知道为什么，小可爱想多了解总裁一点了。

总裁："可以。"

小可爱："为什么不修？不好修？"

总裁点点头："想修仙规矩很多，要辟谷，要心无羁绊。"

总裁幽怨道："不能吃好吃的，也不能谈恋爱，活得再久也没意思。"

小可爱深以为然："的确。"

总裁坏笑着搓手："我想谈恋爱，听师兄说很刺激。"

小可爱："……"

从这天开始，小可爱白天跟着总裁去公司上班，晚上就跟着总裁去日行十善。

总裁下山这么多年，行善手法非常丰富，比如自制木头鸟巢安放在树林里啊，去医院往饮水机里偷偷投放强身健体大力丸啊，蹑手蹑脚地往地铁色狼背上贴符啊……不明真相的路人看起来就会觉得很调皮。

小可爱好奇："你在那色狼背上贴的什么？"

总裁："清心禁欲符，我符画得好，贴一次少说管一年。"

小可爱："有什么效果？"

总裁嘿嘿坏笑："这是修仙时想不让自己动歪念头才用的符，在我们门派师兄弟里有个不太好听的别名，叫……去阳符。"

小可爱："噗。"

总裁："他今年废了，活该。"

小可爱："的确活该。"

两人在角落处交头接耳，时不时嘻嘻坏笑，看起来比坏人还像坏人……

总裁愤恨不平道："我连媳妇儿都还摸不着呢，他凭什么能摸一个陌生人？"

小可爱："……"

你的怒点就是这个吗？

晚上，两人回了总裁家。

小可爱已经住得很习惯了。

总裁："对了，给你尝个好东西。"

小可爱："什么？"

总裁拉着小可爱去地窖，拿出自己的珍藏给小可爱倒了一杯。

大晚上的，两个人独处，让人家喝酒。

这就比较居心叵测了。

小可爱平时不怎么喝酒，酒量也一般，但见总裁那表情期待得就差摇尾巴了，便还是接过酒杯喝了。

总裁：“味道怎么样？”

小可爱品不出来，含糊道：“挺好。”

总裁眼底笑意明亮，一瞬间竟有些像个少年：“我自己酿的。”

小可爱：“……”

总裁昂首挺胸：“我师父的独门秘方，什么82年的拉菲，和我酿的比，差远了。”

小可爱有点想笑，而且不是嘲笑的笑。

总裁：“去洗个澡吗？”

小可爱眼帘低垂：“嗯。”

小可爱就去洗澡了。

8

这一切都发展得太快了，像是列车脱了轨，细究起来的话，小可爱也不知道自己的心情是从什么时候开始发生变化的。

也许是那天总裁提到自己的师门任务时看起来正义得可爱，也许是总裁用盗版神剑御雷真诀劈人时有种谜一般的帅气，也许是总裁在满天星辉下的笑容格外温柔，声音格外清朗，也许是总裁酿的酒太烈，又也许是总裁偷偷抛弃名门正派学了降头……

总之——小可爱按了按自己的心口，里面的心脏跳得激烈无比。

小可爱洗好澡擦着头发出来时，发现总裁正在打坐……

作为茅山后人，总裁比较单纯，不像外面的霸道总裁一样花天酒地。

夜生活要么是打坐，要么是打太极拳。

小可爱只围了一条浴巾，露出很漂亮的锁骨，浑身上下散发着刚出浴的香气。

然而总裁沉迷冥想，不可自拔……

那酒后劲儿真大，小可爱面颊被酒染得泛红，醉醺醺地把浴巾往总裁怀里一掷。

然而总裁的神魂早已翱翔于九天之外……

小可爱气呼呼地走过去，一只白净的脚踩在总裁大腿上。

然而总裁正忙着吸收天地灵气以及日月精华，修炼得停不下来……

小可爱：“……”

总裁让喝酒，真的就是单纯地让喝酒。

总裁让洗澡，真的就是单纯地让洗澡。

小可爱默默回到自己的卧室，裹紧了自己的小被子。

过了一会儿，客厅中传来声音。

小可爱光着屁股跑过去一看，总裁正在打太极拳。

总裁边出招边念名：“野马分鬃。”

小可爱：“……”

分你妹。

总裁一扭头，看见了小可爱以及小可爱的小可爱。

总裁脸红得好像分分钟就会爆血管猝死：“白、白、白、白、白鹤亮翅！”

随即，面红耳赤地转回去继续打拳。

小可爱：“……”

别㞞啊！捏身子的时候是谁跟老师说要给我屁股加点儿肉的？

小可爱又回了自己的卧室。

总裁又在客厅里鼓捣来鼓捣去，不过小可爱已经懒得管了。

本来可以酒后乱那啥一下的，但是现在酒劲儿已经下去了，那还乱个什么！

小可爱拿出平板电脑玩游戏。

半夜十二点，总裁神采奕奕地摸进了小可爱的房间。

睡得正香的小可爱吓了一跳："干什么？"

总裁拧开床头灯，很羞涩："今天晚上你……是不是想和我……那什么来着？"

小可爱翻了个白眼："我那时候喝多了，现在不想了。"

总裁脸上写满了失望："……"

小可爱当没看见，一翻身关了灯就要继续睡。

总裁怕小可爱没看清自己的表情，稳妥考虑后，干脆说了出来："失望。"

小可爱："噗。"

总裁满腹委屈。

小可爱含笑道："让你有机会不抓紧，现在没了。"

总裁闻言更委屈："我抓紧了，你进屋之后我马上去沐浴焚香……"

小可爱："还要沐浴焚香？"

总裁："门派规矩，为了不因为失去童子身而耗损法力，第一次那什么之前都要沐浴焚香，巩固元神。"

小可爱不知道是哪根筋被戳中了，在被窝里笑得直抖。

总裁："……"

总裁："既然你不想，那我就出去了，下次你提前几个小时告诉我，我好沐浴焚香。"

小可爱整个人都笑疯了！

总裁不仅没有吃到小可爱，还惨遭疯狂嘲笑，内心非常痛苦了。

总裁起身往门外走，可手腕突然被人握住了，总裁惊喜地回过头。

小可爱脸红了，看起来比平时还要可爱："你……来。"

总裁脸更红！更可爱了！

小可爱："……"

我们两个到底谁才是小可爱，嗯？

总裁如愿以偿。

可万万没想到，正尝到关键时刻，小可爱突然脸一沉："问你个事，老实答。"

总裁："什么？"

小可爱："其实我离开你十米以上也不会死，对不对？"

总裁此时智商已直线下降，智障度 +500，想也不想就认了："对啊，骗你的，小笨蛋。"

小可爱："还'小笨蛋'？信不信我给你掰折？"

总裁："……"

当一个老公真是太难了，太难了。

天蒙蒙亮时，总裁把昏昏欲睡的小可爱抱在怀里，不放心地问："你知道我是骗你的，你是不是就要离开我了？"

小可爱困得眼皮都睁不开："不是。"

小可爱嘟囔道："早就知道你在骗我了，就是确认一下，笨蛋……"

说完，小可爱沉沉地睡了过去。

总裁亲亲小可爱精致的眉眼，点燃了床头的安神香，便也睡了过去。

两人都睡得很甜。

—完—

糖果名称 《贼甜》

糖果类型 细腻白砂糖

制作者 @温酒

·特别提示·

贼甜，注意做好防糖措施

甜饼剧场 ·······

“老大，你这不行呀！”小跟班苦口婆心道，“人妖殊途，你是知道的。”

“殊途个屁！那是其他妖没本事。”男人怒道，从兜里掏出一本言情小说，“这种人类顶级恋爱秘籍老子看了三千多本，其中1327本都写了女孩最喜欢的男人的类型——出手阔绰、为人大方。”

“你别不信。”男人又补充道，“这书你看了就知道了，贼甜。”

“哪甜了……”小跟班无奈道，“你藏在自动取款机里，她也不知道你的存在啊……”

“你哪儿那么多意见！”男人狠狠地瞪了小跟班一眼，“啥都不懂就少插嘴。”

隔了几秒，男人又支支吾吾地小声道：“那你说我该怎么办？”

“往钱上写字！”小跟班目光坚定道。

“天才！”男人愣了下，随即狂喜，“你真是个天才！”

自动取款机里，挤成一团的两个妖怪激动地击了个掌。

这之后，女孩每次从自动取款机里取到的钱上都写着“我爱你”三个大字。最初几天，她倒是真的讶异了一阵，然而换了几家银行后，钱上的字却仍然存在。

再后来，女孩在附近的超市买了一块橡皮，回到了最初的银行。转瞬之间，又一个月过去了。

“哇，你看她擦掉字的动作，好好看！”男人兴奋地摇着小跟班的肩膀，“贼甜！”

“哪甜了……”小跟班翻了一个白眼，“话说咱们最近一段时间来的时候，竟然都有和她见面，老大你为啥不直接当面跟她说呢？”

“你懂什么！”男人不屑地哼了一声，“像你这种……”

嘭！

门猛然合上的震响打断了男人要说的话，紧接着，手拿匕首的蒙面歹徒突然挤进了屋子，将女孩抵在了墙角。

“把钱交出来。”他道，“否则我就……”

一张又一张的纸钞猛地喷出，飞到他的面前。歹徒有些蒙，默默将几沓厚的钱捡起，塞进了包里。然而做完这一切后，他却又把刀扬了起来，笑嘻嘻地向女孩贴近。

自动提款机突然疯狂震了起来，紧接着，一个男人不知怎地凭空出现，一脚将歹徒踢飞了出去，接着便对歹徒进行一顿暴打。待女孩回过神来，那男人又消失不见，唯剩下歹徒一人，踉跄着落荒而逃。

女孩愣了会儿，掏出笔在钱上写了字，走到自动提款机前，存了三张进去。

男人颤抖着将钱拿到眼前。

“又偶遇啦。嗯……你是怎么进去的？”第一张写道。

“在钱上写字是犯法的，以后不要这么做了。”第二张写道。

第三张则什么也没写，只留了男人之前歪歪扭扭的三个大字。

“这啥意思？”男人挠了挠头，“为啥这张啥也不写？”

“白痴！”小跟班一脚将老大踢了出去，啐了口，道，“贼甜。”

— 完 —

第二集 ACTION

天下第一

边想

有猫有狗的御前第一铲屎官，
喜欢旅游，迷上美甲，力争成为铲屎官里
最有眼界最会美甲的作者。

微博：@边想

目标人物

厉白晔

虚心讨教，
刻苦钻研

行动预案

我很聪明的！

作战宣言

正在搜索...

敌情判断

套路深、情商高

1

当今武林最有威望的世家，慕容家的小公子——慕容小天，从出生后就吃穿不愁，身旁仆侍环绕，身份地位皆不缺。他从小天资聪颖，武功学得不差，长得也玉雪可爱，英俊潇洒，几乎可以说是要风得风要雨得雨了。

他的人生从未有挫折，一派顺遂，平安喜乐。

只除了……“把妹”这一条。

一个风流倜傥的武林世家公子，怎么可以没有几个红颜知己呢。

慕容小天从小是武侠小说迷，坚信一个少侠闯荡江湖的标配就是要有一个美丽善良、武功也不能太差的小姐姐，再加一个负责跑腿的小弟。

他觉得江湖人称“红袖添香洛神花”的水玉儿就和他很配，人长得美，为人又正义善良，还师出名门，不要太完美！

可慕容小天太屄了，几次想要和水玉儿搭讪，不是在人家面前一个闷屁也放不出被无视，就是面红耳赤结结巴巴，被别人当怪咖避让。

“好烦啊啊啊啊！”慕容小天坐在客栈的床上，抓着头发仰天长啸，“和女孩子相处怎么这么难啊！”

他的随身小厮，也是他的跑腿小弟，负责他在外的一切衣食住行，有时还兼职充当军师帮他出谋划策的陆发发，在长久的沉默后，终于发话了。

“少爷，我觉得你需要特训一下撩妹技能，你这个样子是没办法和水姑娘搭上话的。”照这个速度，等他家少爷和水姑娘顺畅地说上一整句，水姑娘的孩子都能打酱油了吧。

慕容小天斜眼看他：“怎么特训？你来教我吗？”

他的目光充满怀疑，这让陆发发感到羞辱，然而无可辩驳的是，他的确教不了，他的撩妹技能只会比慕容小天的更烂，更糟糕。

“当然不是我。”陆发发说，“这个人必定要是全武林侠女们的梦中情人，俊美无俦、温柔多金、风流倜傥、武功卓绝，他在天下间红颜知己遍地，走一路撩一路，被女人们又爱又恨，被男人们又恨又……讨厌。”

慕容小天眯了眯眼，在他的小厮说出以上这段话的时候，他脑海里就不自觉地浮现出了一个身影。

他脱口而出：“你不会是让我向厉白晔讨教吧？”

陆发发微微一笑：“正是厉公子。厉家和我们慕容家有很深的渊源，厉白晔辈分上还要叫少爷你一声小叔叔，此处离他居住的银杏山庄也很近，他又是出了名地会撩……”突然觉得自己好棒的陆发发一拍手，“怎么想怎么合适！”

慕容小天心不甘情不愿：“没有别的办法了吗？”

虽然慕容小天本身也不差，但对于厉白晔这个“别人家的孩子”，仿佛全身上下散发金光的完美存在，他还是有种本能的抵触。

特别是如陆发发所说，厉白晔是全武林侠女的梦中情人。有传闻说，水玉儿也十分心仪厉白晔，奈何厉白晔太过抢手，连武林第一美女也倾心于他，她自认胜算颇小，也就一直将爱意深藏心中了。

这么算来，他和厉白晔就是情敌啊！让他去向情敌讨教撩妹技能，这不是……这不是自取其辱吗？

“一个月后就要到三年一度的金陵赏剑大会了，少爷，到时候水姑娘也会参加，这可是你最后一次机会了，据说赏剑大会后水姑娘就要去西域游历了！山高路远，你难道还要跟去西域不成？”

慕容小天咽了口口水：“西域？”

“西域好像吃羊肉比较多，少爷你最讨厌羊肉了吧？”

光是听到“羊”这个字，慕容小天胃里就一阵翻涌，有种想吐的感觉，他是真的不能接受羊膻气。

他仔细想了想这其中的利害关系，想通了要他去西域和直接让他去死没什么区别后，眼一闭，牙一咬，毅然决然道："行，我们去找厉白晔！"

2

银杏山庄的会客厅内，厉白晔坐在上首，手指敲击着紫檀木的桌面，发出微弱而富有节奏的敲击声。

"所以……小叔叔是想让我教您怎么讨女孩子欢心？"

慕容小天抿了口茶，闻言放下茶盏道："其实也不用你刻意教，只要让我跟在你身边看看你平时都是怎么做的就行。"他朝对方露齿一笑，"我很聪明的。"

陆发发站在后面给他扇扇子，听了最后一句话，非常中肯地默默点了点头。

少爷虽然在面对女孩子时情商感人，但智商方面还是没问题的，甚至可以说很有武学天赋了！小时候只要老爷将一套剑法演示三遍，他就能有模有样地复刻下来，甚至可以做到分毫不差。为此，相熟的公子小姐们还给他取了个简单粗暴的外号，叫"慕容三遍"。

厉白晔为难地皱了眉："并非是我小气不肯答应小叔叔。说来不巧，下月金陵赏剑大会即将召开，三年前我与翠竹郎君萧奈何早已约好，各自提前半月到达金陵，把酒言欢，比武论剑，故而明日就要启程前往金陵，不能一尽地主之谊，还请叔叔见谅。叔叔若不急，可等我回来再学这与女子的相处之道。"

慕容小天被他一口一个"叔叔"叫得脑袋疼，有种自己已经七老八十的错觉。要知道论年纪，厉白晔还要比他大上六岁，他今年十八，对方都快二十五了。

"这个你不用担心，我正好也要去赏剑大会，所以不是不巧，是巧得很，我们明天一起出发。然后你不用担心，我就跟你一个月，一个月后，无论学成与否，都与君无关，咱们之后还是桥归桥，路归路，互不相干。”

厉白晔敲击桌面的动作一顿，脸上露出笑来：“原来叔叔也要去赏剑大会，那可真是太巧了。这一个月，白晔必定好好教导叔叔……”见慕容小天脸色微变，他连忙改口，“哦不，是做示范。”

慕容小天这才满意地点点头。

“叔叔是有心仪之人了吗？”厉白晔问。

慕容小天横了他一眼，站起身装模作样地掸了掸下摆，假得不能再假地笑了下：“你猜？”随后他朝最近的一位侍女打了个响指，命令道，“客房在哪儿？带路。”

侍女愣了下，很快反应过来：“啊，慕容少爷这边请！”

慕容小天跟着侍女大摇大摆地离开，陆发发故意慢了几步，替他家那缺根筋的小少爷向厉白晔打招呼。

“我家少爷初出江湖，心直口快，还请厉公子见谅，不要放在心上。”

厉白晔笑得一派优雅端庄：“哪里哪里。”

等陆发发走后，厉白晔立马变脸，一手扶额，做头痛状：“这小霸王找谁不好偏偏找上我，真是要命。”说完深深地叹了口气。

♡ 3 ♡

翌日大清早两人就上路了，原本厉白晔准备了两辆马车，自己一辆，慕容小天主仆一辆，不想慕容小天看到后，当场就给拒了。

“分车行动我还怎么就近观察？”他皱着浓眉，给陆发发使了个眼色，“你去后面那辆车待着，我与厉白晔同乘他这辆就好。”

陆发发不是很放心：“少爷你确定没我能行？”

以慕容小天的性格，他真的很怕少爷第一天就把厉白晔惹怒了。

“你以为我是傻子吗？缺了你就不能活？”慕容小天没好气道，“放心，我不说话，就用我这双勾魂夺魄眼去观察他还不行吗？”

说到“勾魂夺魄”，他伸出食指中指指向自己两眼；说到“观察他”，他手指调转方向，朝着虚空中他假想的那个厉白晔所在位置重重点地了两下。第一下点空，第二下却实实在在地点在了某个柔软中透着结实，结实中又有些弹性的物体上。

陆发发一脸惨不忍睹。

慕容小天面无表情地转头去看，就见厉白晔一手掀开车帘，猫着腰似乎正准备从车里出来。但因为他那神来一指，正点在了他胸口，他猝不及防，不知该如何反应，就这么僵硬地定在了原地。

慕容小天索性伸出其余手指齐齐贴上对方胸口，安抚地来回摸了摸，歉意道：“不好意思，刚刚有些失手。”

手掌下的心跳又重又急，慕容小天有丝疑惑，这厉白晔胆子至于小成这样吗？还是他有心疾？

厉白晔缓缓推开他的手腕道：“没关系，小叔叔要和我坐一辆车吗？”

慕容小天收回手：“嗯，坐一辆。”

厉白晔侧过身让开位置，做了个“请”的手势：“小叔叔先请。”

慕容小天虽然受不了他左一个“小叔叔”右一个“小叔叔”的，但对于他恭敬的态度还是很受用的。

他一撩下摆，潇洒利落地上了马车。

陆发发朝厉白晔再次讨好一笑，抱拳躬了躬身，随后乖乖坐到后面一辆马车上去了。

厉家的车队缓缓前行，朝着金陵方向而去。

一路上，厉白晔不是在车厢内看剑谱诗书，就是与慕容小天这个臭棋篓子下棋。

慕容小天多日来棋艺勉强算是有了小进步，而撩妹技巧……怎么说呢？也算有了领悟了。

厉白晔出门还算低调，没有很夸张的阵仗，但仍然掩饰不了他土豪的本质，往往行至两郡交界、贼寇混杂的地带，就很容易被抢。

有一回被抢，正好救下一对前去京城探亲的姐妹花，姐姐温雅，妹妹娇俏，差点就做了山贼的压寨夫人。

两姐妹抹着眼泪楚楚可怜地屈膝向两位恩公道谢。

慕容小天看到女人手脚都不知道怎么放了，红着脸不作声，把沟通交流的重任交给了厉白晔。

“快快请起，”厉白晔扶起想要跪拜的两姐妹，柔声道，“举手之劳罢了，不足挂齿。我会送你们到最近的镇上，在此之前，你们可以在我的马车上稍做休息。”接着他又嘱咐小厮准备些食水给两位姑娘送去，并叫侍女寻来两件干净衣服，换去姐妹花身上穿了几天、已是又脏又破的衣裙。

姐妹花红着脸，在他面前像两只羞怯的小鹿。

慕容小天暗中仔细观察，他发现除了把对象换成姑娘家，厉白晔待人处事的态度和方式并没有明显改变，最多就是说话声音更轻了几分。

车队到达最近的小镇后，厉白晔在一家小客栈稍做停歇，同时将姐妹花也顺道放下。

他垫付了房费，给两姐妹买了马车，赠了盘缠，还派了自己的两个侍卫护送她们到京城找自己的亲人。

临别时，厉白晔获得姐妹俩的贴身玉佩回礼 x2，而慕容小天，身为出力营救两人的又一主力，却只获得了“公子真是好人，我们姐妹俩一辈子都会记得您”的好人卡 x2。

差别要不要这么大。

厉白晔收下玉佩，笑道：“多谢姑娘相赠，在下一定会好好保存的。”

姐妹俩笑得不要太开心，看着厉白晔的眼神直冒爱心，显得一旁臭脸的慕容小天十分多余。

“所以我和他到底差在哪里？他做的我也做了，凭什么他能得到两枚玉佩啊？”那边三人还在依依惜别，这边慕容小天实在看不过去了，去找陆发发吐槽。

“嗯……”陆发发摸着下巴陷入沉思，“微笑？”

慕容小天：“啥？”

陆发发解释道：“少爷你没有亲切的笑容啊，两位姑娘觉得你难以亲近也是情有可原的。”

慕容小天对着他露出一个僵硬而诡异的笑容来。

陆发发沉默一瞬：“多练习练习就好了。”

4

马车缓慢前行，厉白晔与慕容小天闲着也是无聊，干脆在车里下棋打发时间。慕容小天经过这几日的相处，渐渐对厉白晔打开了心房，将自己一遇女孩子就㞞的苦恼尽数吐露。

“所以你喜欢水玉儿？”厉白晔抬眼看他。

慕容小天挠挠头：“就是很欣赏，想和她做个朋友嘛……”他叹一口气，“和女孩子相处怎么这么难！”

“和男孩子相处也很难啊。”

“啊？”慕容小天满头问号。

“就像小叔叔你，一开始也对我抱有敌意不是吗？”

慕容小天解释：“那是因为我听说水玉儿喜欢你……”

厉白晔打断他：“她喜欢我与我何干？”

慕容小天一下子语塞。的确，对方喜欢厉白晔又不是厉白晔的错，随意地迁怒于他好像是不太好。

"那对不起啦，是我心胸狭窄了。"慕容小天朝厉白晔一抱拳，干脆利落地承认了自身的不足。

这下倒要换厉白晔惊讶了，这小霸王竟然也有这样干脆承认自己错误的时候，然后他马上就听到对方接着道："你既已知道我的问题所在，就帮帮我呗！一旦事成，我必重谢！"

话题又绕了回来。

厉白晔将手中棋子丢回棋盒，想了想，严肃道："其实我真的没有什么秘诀，无论对谁，是男是女，我都是一样说话对待的。小叔叔你现在的问题在于不敢正常地与水玉儿说话，她不了解你的为人，不知道你是多优秀的存在，自然就无法与你做朋友了。所以现在首要的一点便是能让你与女孩子交流如常，不要紧张。"

闻言，慕容小天本来挺直的背脊立马塌了下去。

"能做到我就不会坐在这里了……"

厉白晔将两人中间的小桌搬开，与他面对面。

"现在你把我当作水玉儿，与我说话吧。"

慕容小天皱眉凝视他："……"

厉白晔面对他古怪的眼神，毫无尴尬："事先演练一番，到了金陵真见到水姑娘时才不会出纰漏。"

说得好有道理。

慕容小天轻咳一声，望向厉白晔的眼神瞬间变了。

"慕容公子。"厉白晔叫他。

"水姑娘……"慕容小天脸微微有些红。

两人当真一来一去在马车里演练起来。

慕容小天："吃了吗？"

厉白晔："还没呢。"

慕容小天："那你快点去吃饭。"

厉白晔："我胃疼。"

慕容小天："多喝热水。"

厉白晔："杏花楼的绿豆饼听说很好吃。"

慕容小天："是吗？那我找时间去吃吃看。"

厉白晔："……"

厉白晔突然有些明白为什么慕容小天到现在还孤身一人了，这情商也是没谁了。

他马上喊了停，与慕容小天认真分析起方才情景剧里出现的诸多问题来。

"你知不知道你刚才犯了多少错？"

慕容小天一脸懵懂："有错吗？我还觉得我表现挺好呢。"

厉白晔扶额，小声吐槽："你对表现挺好是不是有什么误会……"

"什么？"

"我说如果是我的话，就该在水姑娘说还没吃饭的时候约她一同进膳，在她说胃疼的时候为她请来大夫诊治，在她说绿豆饼很好吃的时候亲自为她去买。"厉白晔像最严厉的教书先生，一个个挑着错处，"你没有一个表现是合格的，女孩子怎么可能喜欢你？"

慕容小天双手环胸，满脸凝重："这么复杂的？"

厉白晔无奈地摇了摇头，慕容小天虽然是个武学奇才，但真不是个聪明伶俐的人，不会撩就算了，还傻不楞登。

"好难。"慕容小天愁眉不展。

"多练练就好了。"厉白晔说出了同陆发发一样的话。

慕容小天想起陆发发让他要多笑，于是立即勾起唇角，露出一个僵得不能再僵的笑来："我们再来一遍，这次我一定好好答题。"

厉白晔被他笑得有些发怵："……"

厉白晔："说来也巧，明日就是我的生辰。"

慕容小天挑眉："明日真的是你的生辰？"

"假的。"

"哦。"

慕容小天这次思考的时间略长，片刻后他说："那我送你个惊喜？"

厉白晔眼睛一亮："是什么？"

"福寿楼的寿桃包子？"

厉白晔："……"

硬撩比不会撩还致命，真的。

"你就不会送支发簪扇子什么的吗？"

慕容小天见他脸色难看，突然说："要不我来当水玉儿吧，这样感受更深一些，你说呢？"

我说算了吧……

奈何厉白晔教养良好，实在说不出这样的话，想了会儿说："好吧。"

♡ 5 ♡

两人到达金陵之时，离赏剑大会还有整整十五日。

到达休息的客栈前，马车缓缓停下，陆发发从后一辆马车里跳下来，就见厉白晔已从前一辆马车上下来了。

他下来后也不急着走，而是一手掀开车帘，一手做搀扶状，从里面小心地扶出了慕容小天。

"小心些，地上湿。"厉白晔笑得一脸温柔缱绻。

慕容小天下到地上，对他回了一个腼腆的笑："多谢厉公子。"

两人一同相携进了客栈。

陆发发："……"

他跟着两人身后也进了客栈，趁厉白晔不注意，他悄悄挪到慕容小天身后，小声问道："少爷，你们那个男扮女装的游戏还没结束啊？"

慕容小天翻白眼："不是你让我向他学习的吗？而且这不是游戏，是模拟教学明白吗？"他兴奋地搓手，"我这几天收获颇丰，想必这次见到水姑娘，我一定能与她说上话了。"

陆发发看他这么胸有成竹，也跟着高兴起来。

用午膳时，厉白晔对慕容小天也是体贴入微，点的都是他喜欢吃的菜，吃到一半还帮他把远处的菜换到近前。

慕容小天被他这么照顾了一路，逐渐有些懂为啥这么多女孩子会喜欢上厉白晔了。与他相处实在是很舒心的一件事，他要是水玉儿，说不定也会喜欢上对方。

但是，他慕容小天是不会认输的！这次不同于往，他已习得"撩"字精髓，必定不会再无功而返。

"明日我与萧奈何有约，就不陪你了。"

吃完饭，厉白晔帮他倒上一杯龙井清口。

慕容小天抿了口，道："我耳闻萧君多时，早有结识之意，明天带我一起去吧？"

厉白晔稍做犹豫，点头道："萧奈何生性旷达，最爱结交好友，见到你想必也会十分高兴。半月前他书信与我，还说要介绍他未过门的妻子与我认识，那我带你去，也算合适。"

这话听着怪怪的……

慕容小天一拍脑袋："啊，你现在别把我当水玉儿了，就把我当我自己。"

厉白晔心里着实松了口气，忍住抬手擦汗的动作，轻快道："好！小叔叔，明天一早我叫你。”

翌日一早，慕容小天与厉白晔一同前往与萧奈何约定的地点，陆发发独自留在客栈放假。

那是一家金陵有名的酒肆，多得是游人登高望远，平日生意红火，客人络绎不绝。

他俩到的时候，萧奈何一行还没到，两人就坐在窗边的位置，一边等人一边吃酒。

厉白晔：“小叔叔已经做好准备了吗？这次见到水姑娘，可别再不敢说话了。”

慕容小天冷哼一声：“什么叫‘不敢’？我可没怕过！”

“是我说错话了，小叔叔一向勇猛，怎会害怕？”厉白晔笑笑，“第一句话想好怎么开口了吗？”

慕容小天道：“想好啦，‘在下慕容小天，久仰水姑娘大名，不知可否与姑娘结交一二’，怎么样？”

“简洁明了，不错了。”

他们闲聊时，门口传来声响，不多时，萧奈何进来了，而他身后跟着一抹蹁跹身影。

厉白晔与慕容小天纷纷起身与萧奈何打招呼。

“这位便是我从前与你提起过的慕容家小少爷，慕容小天。”厉白晔介绍道。

萧奈何爽朗一笑，拱手道：“久闻大名，久闻大名啊！”

慕容小天：“萧君谬赞。我也久闻萧君大名，今日一见，果真是一表人才，闻名不如见面啊！”

这时，一直被萧奈何挡住的女子也露出真容，上前一步，在两人面前抱拳行了一礼。

“我与慕容公子之前便见过，不知公子可还记得我？”

慕容小天眼眸倏地睁大，一脸不敢置信地指着对方：“水……水姑娘？”

厉白晔也是诧异非常：“这位……”

萧奈何亲密地搂住水玉儿的肩膀，满眼柔情道：“这便是我与你提起过的，我那未过门的妻子。”

慕容小天 & 厉白晔：“……”

说好的心仪厉白晔呢？江湖传闻不可尽信啊！

那顿饭，是慕容小天有史以来吃过的最艰难的一顿饭，全程心在滴血，还要做出一副尽兴的样子。

萧奈何：“赏剑大会过后，我与玉儿就会完婚，然后一起去西域游历。”

水玉儿见慕容小天眼眶瞬间变得通红，不是很理解道：“慕容公子这是怎么了？一副要哭出来的样子。”

慕容小天用力鼓掌：“太感人了！”

水玉儿：“……”

萧奈何并没有发现他的异样，还挺高兴：“到时候慕容兄弟一起来喝杯喜酒啊！”

短短一顿饭，他对慕容小天的称呼已经从“公子”变为了“兄弟”。

吃完饭又聊了许久，慕容小天全程心不在焉，与萧奈何和水玉儿告别后，他闷声不响地与厉白晔坐车回客栈。

“你……”厉白晔也不知道要怎么劝他，“节哀。”

慕容小天吸吸鼻子：“谢谢。”

“还有几天赏剑大会才召开，要不……我带小叔叔去周边玩几天？”

“嗯。”

“天涯何处无芳草，小叔叔别气馁，就算水玉儿嫁人了，那武林中难道还怕找不到别的好女孩吗？我与天下第一美女姬熏是多年好友，到时候介绍你俩认识啊。”

慕容小天：“她是你的红颜知己吧？”

“呃……这又不是标配，做了一个人的红颜知己就不能再做另一个人的。我会让她跟你做好朋友的，好不好？”

慕容小天抱着膝盖，点了点头：“好。”

至此，慕容小天的撩妹计划，夭折。

—完—

糖果名称 《无商不奸》

糖果类型 榛果太妃糖

制作者 @患者阿离

· 特别提示 ·

吸猫会上瘾，且撸且珍惜

甜饼剧场 ……

现代社会，越来越多的人喜欢猫咪，但又因为各种各样的原因不能养。

小花猫抓紧商机，做了“专职给别人的衣服上打滚沾上猫毛，从而让他在别人面前炫耀自己有猫”的生意，有需要的人还可以亲自前来现场蹭。

不过附近一直有一只蓝眼睛的黑猫死死地盯着它，小花猫猜测黑猫可能是眼红自己的事业，再加上自己也有点脱发，它决定干完最后一票就收手。

这夜在几十个外套上打完滚，确信每个大衣上都沾满了细小的猫毛，把衣服全都寄给客户之后，小花猫舔舔自己的爪子，准备在外卖上下单麻辣小鱼干犒劳自己。

“举起手。”穿着一身黑西装的人由黑暗中走来，手里似乎握着一把枪，“有人说你在无证经营。”

小花猫心虚低头，它确实什么证都没有。不过它疑惑地想，这个人的眼神……有点熟悉。

穿着西装的人走到它身后蹲下，冰凉的枪管把小花猫的耳朵压得贴在脑袋上：“答应我三个要求：一，你不能再蹭人的衣服。二，蹭人也不行！三……”

“不蹭不蹭！你的要求我全都答应！”小花猫举着爪子来不及多想，只想保住自己脑袋上的毛，“把枪拿开点，我不想再脱发啦！”

听闻它全都答应之后，那人手里的玩具枪掉在地上，Biu 地一声喷出花花绿绿的彩带。

一只蓝眼睛黑猫欢天喜地地扑倒小花猫：“你以后只能蹭我！”

—完—

第三集 ACTION

住在我隔壁的钢铁直男

风小餮

大脑洞杂食性写手，

擅卖萌，易捕捉，宜为伴。

微博：@风小餮tie

目标人物

林筱筱

近水楼台先得月

行动预案

我想告诉你，我喜欢你很久了！

作战宣言

正在搜索...

敌情判断

高三留下了恐惧的阴影

♡ 1 ♡

北漂第二年，我在租房中介意外遇到了刘擎野。

刘擎野是我高中三年的同桌，家境不错的学渣。这哥们的丰功伟绩之一，就是高考结束填志愿那天，急赤白脸地冲进教室，指着我的鼻子大声喊："林筱筱，你一会儿别走，老子有话跟你说，听见没有！"一嗓子差点把教室窗户吼破，气得班主任黑着脸把他拽走。

这件事给我留下了极深的心理阴影，吓得我当即交了志愿表开溜，事后还一直在想：我不就是高中三年天天跟他吵架、一言不合就动手吗？一个大男生竟然跟我一女生斤斤计较，这么小气不怕找不到女朋友。

这种男人用六年后的网络流行语如何评价？哦对了，钢铁直男。

♡ 2 ♡

钢铁直男刘擎野同学，对我提出了合租二居室的建议。

我诧异地看他问："你不是说你复读一年考上了医学院？医学院本硕连读，你现在本科毕业了吗？不用住校？"

"住校不方便，搬出来住。"刘擎野对我笑得温柔。

想不到高中时小混混似的男生，现在这么温柔成熟啦。

我还有点犹豫，跟他说："可整租蛮贵的，我本来是想找个女生合租个次卧……我上班了还好，你呢，负担房租没压力吗？"

刘擎野对我摆手道："我家有钱，你放心。如果你觉得贵……不如这样，我直接把这个二居室租下来，你来住次卧，押一付一就行，好不好？"

世界上还有这么好的事？

我怀疑地盯住刘擎野的双眼，就见他的脸逐渐变红，立刻看破真相，哼笑一声对他说："刘擎野，我已经看破了你的意图！"

“什么？”刘擎野扬眉，红着脸一副期待什么的模样。

我做柯南状托着自己的下巴，说出自己的推理：“你想做二房东，于是以押一付一为诱饵，诱使我用比市价更高的价格租你的单间，以此牟利，对不对！”

“噗！”刘擎野还没说话，一直站我们俩身边的房产经纪人率先喷水。

她狼狈地拿抽纸擦干湿淋淋的下巴和手，特别着急地说：“不是，姑娘，你是不是傻？这个小伙子明明就……”

“不不不，没错，我就是这个打算，被你看透了！”刘擎野干脆地打断经纪人的话，凑近我问，“那你愿意来租吗？房租好商量，押一付一，所有家务和体力活我全包，你下班晚我还可以去地铁站接，保证你居住舒适、安全无忧。”

我考虑了一下，觉得挺划算，干脆地点头。

就这样，我跟刘擎野成为同一间屋檐下的房客。

3

跟刘擎野合租之初，我有所顾虑，因为在我的印象里，高中时他特不喜欢我。

比如高一刚开始同桌时，他连我的名字都不肯喊，只叫我“喂”，我质问为什么，他扭脸不肯看我，凶巴巴地说：“我叫不出来！”

在他心里，我的名字就那么难听？

又比如，他跟其他女生说话明明都很和气，凶巴巴的学习委员骂他“拖班级后退的老鼠屎”他也笑嘻嘻地从不生气，可我只是提醒他写作业，他就会炸着毛对我吼：“我就是不爱写作业的垃圾，行了吧！”

类似的“区别待遇”不胜枚举，时间一长，就把我对他的少女情怀磨了个精光。

对，我对刘擎野是有“情怀”的，简单直白地说，我高中时喜欢刘擎野。

那时候的刘擎野，很时尚地梳着刘海（现在想想有些非主流），在一众板寸的男生中鹤立鸡群。外加他本身个子高、长相帅，虽然学习不行，但体育样样上手，性格豪爽、朋友很多，貌似不良却从来不欺负女生……除了我。

我是刘擎野唯一会欺负的女生，可我还是喜欢他。

高二那年他过生日时，我用攒了好久的零花钱买了一个樱木花道的手办送给他，对他说：“刘擎野，我觉得你特别像樱木花道，表面是个无药可救的熊孩子，但只要你找到值得你热爱的，就一定会死心塌地、一往无前、无往不能！”

刘擎野听了，随手把手办塞进抽屉，大声问我：“林筱筱，你这么大还看动画片，幼稚死了！”

我只觉少女心碎了一地，恼羞成怒，忍无可忍，第一次抬手捶了他的狗头，由此开启与他无尽的争吵和互殴，乃至高中毕业他想约我留校单挑……

嘶，现在要合租了，他会不会报复回来？比如……捏碎我所有的泡面？

4

刘擎野没有捏碎我的泡面报复我。

相反，我们相处得很好。他如承诺般包揽了所有家务，总是到地铁站接加班的我，还很能干地自己做饭，还慷慨地把多余的饭菜装饭盒，送给我做第二天的午餐。

我带着刘擎野送我的午饭去上班，午休时间用微波炉热一下，一掀开饭盒盖，辣子鸡丁的香气顿时飘满整个写字间。

“嚯，你的饭怎么这么香，外卖还是自己做的？”坐我隔壁的小秦好奇地探头来看，尝了一块鸡肉后感动得要哭，“筱筱，你的手艺这么好啊？”

“我不会做饭，这是住我隔壁的钢铁直男做的。”我也尝了一下，的确美味。

“‘钢铁直男’，是你男朋友吗？”小秦八卦地问。

“哪里，就是普通的室友。”我说。

“室友还给你做饭啊？”小秦不相信。

“他做多了呗。”我觉得小秦想太多，没人比我清楚刘擎野有多讨厌我。

小秦咂嘴：“恰好是你最喜欢的菜做多了？”

我想了想回答：“嗯，你这么一说……”

拿起手机给刘擎野打电话，问他：“今天中午的饭是不是你特意为我做的？”

电话里的刘擎野轻声笑了，声音酥酥的，搞得我的耳朵莫名发痒。他问：“被发现了。好吃吗？”

“好吃的。”

“好吃就好，以后我天天都给你做饭，好不好？”他温声问。

“好呀。”我莫名有点脸热，挂掉电话。

“怎么样怎么样？”小秦一直在偷吃我的菜，看我扣掉电话立刻问我的感受。

我沉默了一下回答她：“现在租房市场竞争激烈，二房东为了留住房客……都这么拼！”

刘擎野好像……不像高中时那么讨厌我了。

5

一个周末，我跟刘擎野都坐在客厅的暖气边玩手机。

刘擎野看到一个有趣的科普文章，读出来跟我分享："大熊猫其实早就不是最濒危的动物，呼吁保护大熊猫，是因为大熊猫是动物中的旗舰种……直白地说，大熊猫用可爱博得人类对动物的关注和喜爱。有个转发特别经典：大熊猫说，我决定，作为偶像出道，拯救整个动物界！"

"哈哈哈哈，有意思！"我前仰后合。

刘擎野陪我笑，轻声说："林筱筱，你在我眼里就是大熊猫。"

"啊？"我的笑意戛然收住，立刻打开手机前置摄像头审视自己的脸，"我的黑眼圈那么严重？"

"……"刘擎野笑着叹了口气，按下我拿着手机手凑近我说，"我的意思是说，你像大熊猫一样……"

"可爱得能拯救世界。"

我怔忪地瞪着面前男人，愣愣地想：竟然不是讽刺我？他觉得我可爱，认真的？曾经的钢铁直男，现在嘴这么甜吗？

糟糕，心跳有点快。

♡ 6 ♡

最近我沉迷手机游戏，不仅自己玩，还会看各种游戏直播。

一个星期五，我跟刘擎野在外面吃火锅，一边吃一边看直播，被游戏主播逗得哈哈大笑。

刘擎野沉默地涮好肉放到我的饭碟里，趁我低头吃的间隙问我："筱筱，这个主播就那么有意思？"

"还好啦，主要是他玩这个游戏超厉害！"我喝了口酸梅汤回答。

"这个游戏这么好玩？"

"是啊，难道你没有玩？"我吃惊地看着他。

他无奈一笑："没，医学院的课业本来就重，我又……根本没时间玩游戏。"

"哇……"我不自觉地关掉直播，震惊地盯着他猛看，"你还是高中那个翘课去网吧玩游戏的熊孩子吗？想不到你也有学习太忙不玩游戏的一天……"

刘擎野轻声笑，继续给我夹羊肉，低声叮咛："这块烫。"

我感慨连连："这次重逢，感觉你跟高中时变化特别大。"

刘擎野放下筷子，撑着脸看我，笑道："你倒是跟那时候没什么变化。"

"是什么让你改变了那么多？"

"嗯……因为错过了喜欢的人，我意识到自己有多幼稚可笑，所以努力变成熟了吧？"他考虑了一下，慢慢说。

"喜欢的人，你的初恋吗？什么时候，高中还是大学？"我不自觉握紧筷子，好奇地问。

刘擎野对我眨眨眼："高中。"

"你高中有喜欢的人？"我受到惊吓，"真的假的，我跟你同桌三年，我怎么不知道！"

刘擎野一边笑一边摇头，竟然什么都不肯说了，埋头吃饭。

我坐在他对面，突然觉得胃里堵堵的，香味扑鼻的火锅也无法勾起我的食欲。

刘擎野高中时有喜欢的人啊……那个永远对我凶巴巴的臭小子，心里小心翼翼地珍藏了一个女孩。他很喜欢那个女孩吧？以至于现在说起来依然笑容温暖……

哎，早就过去了，想这些干吗呢？我呼出一口气不再胡思乱想，重新打开手机直播，却听刘擎野问我："筱筱，我回去也下这个游戏陪你一起玩，好不好？"

"啊，你不是忙得没有时间玩吗……"我困惑。

他笑嘻嘻地对我说：“我没时间玩游戏，可我有时间陪你啊。”

我的心不由跳乱了几拍，忍不住问他：“刘擎野，你……”是不是喜欢我？

“嗯？”他抬头，隔着火锅的淡淡白烟看过来，格外英俊。

“没……没什么。那就一起玩吧，姐姐带你上分带你飞！”我打了个哈哈，埋头吃肉。

刘擎野喜欢我？怎么会有这么荒谬的想法呢？他现在温柔，只是因为长大了而已吧。

♡ 7 ♡

我喜欢的游戏主播要在漫展上办见面会，要参加活动就必须要抽票。

我运气不好，只能物理性增加中奖概率，发动身边所有亲朋好友都去微博转发活动微博……可惜这帮家伙，要么觉得转发这些不符合自己高大上或小清新的风格，要么自己也想去不肯当我的“水军”。

只有刘擎野很给力，不知道他发动了多少朋友，反正开奖那天，活动主办方给我打电话告诉我，有三个中票的微博账号都报了我的名字，问我究竟是怎么回事，如果只有我一个人去的话，介不介意把其他票让给别的玩家。

“哦哦，不好意思，我只要一张票就好……”我有点尴尬地说，话说出口又想起什么，立刻改口，“不不不，两张！我需要两张票，谢谢！”

刘擎野帮我了那么大的忙，约他一起参加活动吧！

♡ 8 ♡

漫展当天，锣鼓喧天，人山人海。

大部分游客看起来都是中学生，与他们比起来，我跟刘擎野大概是阿姨叔叔。好在我心态年轻，刘擎野卖相极佳，不算格格不入，甚至有穿水手服的小妹妹跑过来请刘擎野跟她合影。

主播的见面会中午才开始，我跟刘擎野索性在现场逛展摊，边逛边聊。

“我记得你高中时喜欢看动漫，现在还追新番吗？”刘擎野离我很近，护着我不被拥挤的人潮挤到，说话的气息喷在我脸颊上。

我不自在地想拉开距离，可他很强势地把我拉回怀里，简短解释：“人太多。”

我的脸难以自控地发烧，只能靠聊天转移羞赧：“还追，不过能看进去的番越来越少。你看那个！我记得你17岁生日时，我送过你一个差不多的。”我指着一个摊位上的樱木花道手办说。

谁知刘擎野扫了一眼就说：“差别很大，涂装和附赠的表情完全不同。”

“你记得那么清楚？”

“那是我至今最喜欢的礼物。”

我心里像有头小鹿在跳“社会摇”，仰脸问他：“你就那么喜欢《灌篮高手》？”

他对我笑，眼眸中的柔光几乎要荡出来，什么都没说。

人流涌动，我几乎整个人贴在刘擎野身上。

刘擎野说：“筱筱，你送我手办时说，我像樱木花道一样，表面上是个无药可救的熊孩子，但只要找到值得热爱的，一定会死心塌地、一往无前、无所不能。”

他的胸腔因为他的话语不断震动，我的耳朵贴着他的胸腔，仿佛在燃烧。

受不了这种感觉，我向后仰头，让耳朵逃离刘擎野的胸怀，假装若无其事地看着刘擎野的脸问：“那你现在变成这样，是找到热爱的了？”

刘擎野很直接地回答：“是呀。”

“是什么呢？”我心如擂鼓。

刘擎野张了张口，环顾一下四周，耸耸肩说：“改天告诉你。”

“什么嘛！”

9

主播的见面会马上就要开始了，我有点口渴，想去冷饮摊买冰激凌，却被长长的队伍吓退。

刘擎野看看队伍对我说：“你去活动厅等吧，我买了过去找你。”说完，把他的包塞给我。

我依言先到活动厅坐下，可一直到灯光暗下来、主播即将登场，刘擎野都没有跟进来。

我打电话给刘擎野，他的包里却传来手机振动的声音。打开他的包一看，手机正躺在那里、亮着屏拼命抖，来电人姓名写着“篮球”。

我盯着那两个字发了会呆：我在刘擎野心里……就那么胖吗？

挂掉电话，我一时不知如何是好。

一种难言的焦躁和不安在我心里涌动……

是继续等，还是出去找人？我正在犹豫，手机却接到一个陌生号码的来电，刘擎野的声音在熙攘的环境中，自听筒中安定地传来，他说：“筱筱，我手机没在身边，没法出示电子票据所以进不去，现在借了手机跟你说一声。你好好看，玩得开心一点，活动结束你不要出来找我，这里场地太太乱了……”

“你一会别走，就留在那里等我去找你，好不好？”

听到他的这句话，我仿佛突然回到交志愿表的那个夏天，刘擎野满头大汗地冲进来，脸红红的，喘息剧烈，他双眼紧紧盯着我，眼眸水洗过一般闪闪发亮，似乎用全身的力气对我喊：“林筱筱，你一会儿别走，老子有话跟你说，听见没有！”

他那天……真的是想跟我约架吗？

“刘擎野。”我不由自主地把手机贴近嘴唇，在嘈杂中提高音量问他，“高三填志愿那天，你让我留下，要跟我说什么？”

刘擎野一愣，对我柔声说：“筱筱，我借了别人的手机，你想知道我稍后……”

“现在立刻告诉我！”我却因为急切变得不讲道理。

电话那边的刘擎野叹了口气，一如既往地妥协，他说：“我想跟你说，我对了报纸上的答案，知道自己上不了大学，很后悔高中三年没有好好念书；我想跟你说，其实我喜欢你三年了，但怕耽误你学习不敢跟你表白；我想跟你说，林筱筱，你进大学能不能先别着急找男朋友？我会复读，会好好念书，等我也考上大学、配得上你，你做我女朋友，好不好？

“可惜我高中太害羞，明明喜欢你却对你很坏；可惜我那天太慌张，一不小心就把你吓跑啦。”

随着他的一字一句，我心跳如雷。

原来如此。原来我就是那个让他事到如今想起来仍感到幸福的女孩子；原来重逢之后刘擎野的温柔、宠溺、付出，统统不是我的错觉。

刘擎野曾经是个不会撩妹的钢铁直男，但他因为我成长和改变了。我的，像樱木花道一样的少年，像樱木花道找到热爱的篮球一样找到了一个人，为了这个人，他死心塌地、一往无前、无所不能。

♡ 10 ♡

临近年底，工作越来越忙，我每天都感觉自己像办公椅上长出来的“蘑菇”。

久坐时间长了，颈椎和腰椎就难免僵硬发痛，只有不断揉按才舒服一点。

刘擎野注意到我不停地捏捏按按，问我：“腰痛？”

“嗯。”

“我知道有种膏药很有效，明天出门给你带一点？”

“好啊！”

第二天，我拿到刘擎野给我买的膏药，回到房间拿出说明仔细阅读，半小时后满头大汗地走出房间跟他理论：“刘擎野，这个膏药要贴的位置好刁钻，根本不是我一个人能贴好的嘛！”

“哦，是吗？”刘擎野的眼中似乎划过一丝狡黠的笑意，我没看清，他已经歉然道，“既然你自己贴不上，不如我帮……”

“还好我机智！”我对他得意洋洋地笑出八颗牙齿，拽着他到我房间向他解说，“你看，标记好位置，把膏药放在这里，然后往上一躺——贴好了！怎么样，厉害不厉害？”

刘擎野表情复杂地看着我，说不清是想哭还是想笑，最后叹了口气，伸手揉揉我的头发称赞道：“林筱筱，你真是超厉害。”

我被他撸猫一样撸了好几下才回过神来，试探着问：“呃……你是不是打算帮我贴来着？”

“是啊。”刘擎野把我搂进怀里帮我揉腰，在我耳朵上亲了一下：“因为我是你的男朋友啊！”

北漂第二年，我跟高中时的同桌刘擎野合租一套两居室。

他睡在我隔壁，是个很会撩妹的直男。

是我的男朋友哦！

— 完 —

第四集 ACTION

出差记

羲和清零

一个沉迷鸡血和鸡汤的作者。

微博：@羲和清零

目标人物

公司高管

行动预案

迟到是真的不小心的！

作战宣言

还有如此的操作？

正在搜索…

敌情判断

男神温柔最为致命

公司里来了个“男神”总监，海归博士，长得又高又帅，由于一直做不同的项目，接触较少，只听说此人非常高冷，也不知道是否单身。

因公事竟难得被安排到与他一起出差，当天彼此才加了微信，在微信里公事公办地约好在高铁站见面。

结果出差当天我出门晚了，在距离高铁站还有很大一段路程的时候就收到男神的微信，说：“我到了。”

我忙回复：“啊，我在地铁上，还差六七站！”

我正计算六七站还差大概多少时间，男神已回了句消息：“那还有十五分钟差不多就能到了，没事，赶得及。”

我怕到时候没时间取票，就直接问他：“我们的检票口在哪一个？”

男神：“如果你是X号地铁到的话，上来以后得穿过整个候车厅，在最远的那个检票口。”

我心中一紧，还是担心赶不上，又怕他一直等我，赶紧道：“一会儿你先上车，不用管我。”

男神：“好。”

之后一直没有联系，我紧赶慢赶到了高铁站，过了安检，那会儿已经开始检票。

我朝着最远的检票口就是一路飞奔，终于赶在检票结束之前冲进了隔离门，心中的巨石总算落下，气喘吁吁地站在向下的自动扶梯上给男神发消息：“我来了，你上车了吗？我们是几号车厢啊？”

手机没有收到回复，倒是脸颊忽然被什么东西碰了一下，同时一道低沉的声音在我正身后响起。

“我在这里。”是男神。

我吓得差点跳起来，一颗心“扑通扑通”直跳，回头一看，只见男神握着两杯星巴克咖啡，面带微笑地站在我身后。

“你……怎么没上车？”我故作镇定道。

“怕你赶不上，就在那儿等了你一会儿。”男神笑着把其中一杯咖啡递给我。

我接过咖啡，道了声谢，问他：“你看到我检票了？怎么那时没叫我？”

男神歪了歪头：“因为你也没看见我啊。”

我：“……”所以你就眼睁睁地看着我跑进来，然后尾随其后，并站在我身后看我发微信吗？

不知道为什么忽然想做个“请允悲”的表情，但又觉得自己被男神这种骚操作狠狠地撩了一把……

上车后我又问男神：“如果我赶不上怎么办？”

男神耸耸肩：“那就只好出来跟你一起改签了。”

我心里酥酥麻麻的，又故意道：“你可以先走啊，反正出差地不远，坐高铁三十分钟就到了，就算你在那边等我也一样，还不用白浪费一张票。”

男生瞄了一眼我手中的咖啡，道：“咖啡比车票贵，先走的话，给你买的咖啡就凉了。”

虽然不知道他是有意还是无意，但那一瞬间，我是真的被他“撩”得整个人都不好了……

— 完 —

第五集 ACTION

李雷的失恋日记

秦三见

日更一万的正经作者，

最近正在全文背诵《金刚经》。

微博：@秦三见

目标人物

韩梅梅

我，爱好——

韩梅梅！

作战宣言

撩妹三十六计，

要随时保持耐力

行动预案

正在搜索…

敌情判断

反射弧太长

♡ 开始之前的热血沸腾 ♡

各位，你们好，请允许我简单地进行一些自我介绍。

本人李雷，性别男，二十七岁，业余画家，主业是德风社说相声的，当然，我在开玩笑，画画是我的主业，说相声是我的兼职。

不过，这些都不是重点，重点是下面这句。

我，爱好——韩梅梅。

怎么说呢？我跟韩梅梅也算是青梅竹马了，初一开始就是同班同学，偶尔也坐过同桌。她特漂亮，那会儿就是班花，虽然随着时光的飞逝，岁月在她脸上也留下了那么点小痕迹，但那并不是瑕疵，而是一种对我越来越有吸引力的美。

成熟美，希望你们能懂。

除了我俩是同学这层关系以外，我们还是多年的邻居，更巧的是，我们俩工作之后，上班的地方离得也近，于是我爸在我的授意下就去跟韩梅梅她妈建议，让我俩在公司附近合租一套两居室的公寓，反正两人关系一直不错，互相也有个照应。

韩梅梅她妈是我的好阿姨，一直想让我当她女婿，于是很愉快地答应了。

最开始，韩梅梅女士因为害羞表示了一下反对，不过很快就被镇压了，所以，现在我本人正坐在跟韩梅梅女士合租的房子里打这段字，而我即将记录的就是一段浪漫悱恻的爱情故事。

也可以说是——我追求韩梅梅的心路历程。

暂时就起名为《撩妹成功记事簿》好了，各位且看我如何用不同的姿势成功拿下韩梅梅。

♡ 第一回合 烛光晚餐&深情告白 ♡

现在是2017年11月11日，众所周知，今天是“光棍节”。

本来今天我们德风社有我的一场演出，但我请假了，跟别的兄弟换了场次，因为今天我有大事要做。

下午的时候我买了牛排跟蜡烛，还特意给韩梅梅女士打了电话问她晚上加不加班。

她说：“不加班，但我希望你不要约我出去吃饭。”

我问：“为什么？”

我确实不打算约她出去吃，因为我们要在家里吃。

“因为我要在家准备0点抢购。”

哦对，我忘了，对于韩梅梅女士来说今天是不是光棍节无所谓，重要的是她要买买买。

“你放心，”我说：“我就是想问问你回不回家，我今天出门没带钥匙。”

她骂了我一句，告诉我晚上等她。

我其实不会做菜，煎牛排什么的从来没做过，但这事儿，我觉得难不倒我。

据说会做菜的男人最招女人喜欢，那么撩妹第一步就是让韩梅梅感受到我来自厨房的魅力。

到家以后，按照网上说的方式七搞八搞，最后总算是在韩梅梅下班之前弄熟了。

但是，只能算是熟了。

不过我相信，她不会介意它的品相，不仅不会介意，还会非常感动，毕竟这是我的第一次。

一个男人的第一次也是非常宝贵的。

晚上七点十五，韩梅梅女士打开了家里的门。

此时，为了制造浪漫，我虽然一直在客厅站着，但却没有开灯。

她进来的一瞬间，我说：“欢迎回家。”

她“嗷”地一声，钥匙掉在了地上。

韩梅梅是那种典型的职场女强人，能让她露出这样花容失色的一面，我竟然有些骄傲。

我说：“别紧张！是我！”

她又骂了我一句，然后要开灯。

我又说：“别开灯！等我！”

她难得听话，一边换鞋一边问我：“你搞什么呢？这是什么味儿？”

我点上了蜡烛。

平时我们都是在厨房的餐桌吃饭，今天为了营造气氛，我特意把餐桌搬到了客厅来，桌子摆在正中间，桌子的正中间摆着烛台。

“李雷，你吃错药了吧？”韩梅梅看着我，非常不解风情地开了灯，“今儿你过节我知道，但是你也不用非给自己点蜡啊！”

没错了，我深爱的女人就是这样的性格，让我很绝望。

“这不叫点蜡！”我不开心了，走过去又关了灯，“这是烛光晚餐！”

她突然笑了，穿着拖鞋走进来，邋里邋遢地把包往沙发上一扔，到了餐桌边，看了半天。

“你这做的是什么？”她俯身嗅了嗅，像只渴望食物的小老虎。

我说：“是牛排。”

她沉默了。

“这是我的一片心意，”我拉开椅子让她坐下，“今天咱俩过节，我不想让你太失落。”

“我本来不失落的。”她坐下，用叉子叉起牛排吃了一口说，“但是现在非常失落，好好的一块儿肉，被你糟蹋成这样。”

我也很失落，她伤害了我，却一笑而过。

接下来的两个小时，韩梅梅女士对我进行了深刻的思想教育，中心思想就是不能浪费粮食跟资源。

我说：“韩梅梅，不带这样的。”

她问：“哪样？”

说完，她站起来跟我说：“你把这儿收拾了啊，我得再去看看有没有什么值得买的，趁着开始前还能再来一波购物车。”

“你站住！”我必须得发威了，不然她还以为我是小猫咪。

她果然被我吓住了，回头奇怪地看着我。

此时此刻，我被电视剧里的霸道总裁附身，我手里拿着可乐，潇洒帅气地对她说：“这位女士，你以为今天这只是一顿简单的晚餐吗？”

我站起来，走到她面前，回忆着网上《撩妹攻略》的内容，深情告白：“据说人有两只手臂是为了拥住自己的爱人，所以我可以抱你吗？”

然后，韩梅梅就走了。

她理都没有理我，回房间网购去了。

就这样，撩妹第一式，失败。

♡ 第二回合 情侣款&欲擒故纵 ♡

真男人是不会轻易被打倒的，尽管韩梅梅女士是个内心如钢铁一般的女战士，但我依旧有信心攻破她的防守成功上垒。

男人，没这点儿毅力还好意思叫男人吗?

于是，我连夜翻阅《撩妹攻略》，并制定了第二轮作战计划。

《撩妹攻略》里面写，要玩“情侣款”。

于是，我趁着韩梅梅女士出差，把家里所有的东西都换成了粉红色的Hello Kitty情侣款。

比如饭碗，比如拖鞋，比如刷牙的杯子……我甚至还买了一套情侣装，粉红色的T恤前面的图案是两个可爱的大熊猫。

当然，我知道现在并不是把它展示给韩梅梅女士的最好时机，我要等，等她接受我的告白，然后为她穿上我准备的衣裳。

很浪漫，很值得好好记录下来。

我看着自己的杰作，甚至想为自己鼓鼓掌。

不过不巧的是，韩梅梅出差回来那天，我加班，不能亲眼看见她发现家里发生变化后的表情，这让我觉得很遗憾。

于是，我计算好时间，在韩梅梅下了飞机之后给她发了条微信。

我说：韩梅梅女士，你好，有一份惊喜请记得签收。

她回：?

我说：你到家就知道了。

她没有再回复我，我知道，她一定是在默默地期待着。

之后那个下午我都无心工作，心里长草是什么感觉，你们知道吗?开会的时候我一直在抖腿，领导问我：“李雷，你癫痫发作了吗?”

我心情好，他说什么我都不生气。

就这样，我好不容易熬到了下班。

从公司一冲出来我就给韩梅梅打电话，但是打了好几遍，她都没有接。

我觉得，她一定是太开心了，在家里转圈，没有听到手机响。

我放弃打电话给她，上了地铁之后就又翻出存在手机里的《撩妹攻略》，翻到第七章“表白”，我有预感，今天一定能成。

到家的时候我一进门就觉得气氛不对，据我多年以来对韩梅梅的了解，此刻她正在生气。

我换了鞋，进去，看见她坐在瑜伽垫上运气。

“嗨，好久不见。”我有点儿紧张，因为这跟我想的不一样。

我环顾四周，发现我准备的那些情侣款东西都不见了，我问：“那个，你看见那些……那啥了吗？”

她睁开眼，斜着眼睛看我，冷漠地说：“啥啊？”

“就……就是 Hello Kitty 啊。”

韩梅梅女士冷冷一笑问：“你还好意思问？你说，你把我的限量版拖鞋、饭碗、刷牙杯弄哪儿去了？”

凭良心讲，我觉得她是在碰瓷。

哪有什么限量版拖鞋、饭碗、刷牙杯？那些都是我们住进来的时候在超市批量买的！她就是在碰瓷！

“没有那些东西。”我说：“你不喜欢我新买的那些吗？”

“喜欢个鬼。”

“喜欢你。”此刻，我恨不得摇旗呐喊，因为我，终于抓到机会把话题引到这个上面来了！

《撩妹攻略》里写了，表白不能太突兀，要结合上下文。

我觉得，我结合得简直天衣无缝。

她慢慢皱起了眉，问我："你说啥？你再说一遍！"

我很欣慰，她在让我向她表白。

但是书里又写了，要时不时地坏一下，欲擒故纵，才能让对方更着急。

于是我说："逗你玩，我的意思是，鬼喜欢你。"

然后，我就挨揍了。

忘了说，韩梅梅女士很凶很暴力，我觉得除了我，真的没有人能驾驭得了她，毕竟，像我这样能忍的男人在这个世界上也是不多了。

本以为我这次稳住了，能赢，结果，韩梅梅女士竟然完全没有理解我的意思。

她把"鬼喜欢你"当真了，把我喜欢她，当成了笑话。

我又失败了。

并且忍不住想唱一首歌。

"你说你感到万分沮丧，甚至开始怀疑人生……"

♡ 第三回合 声东击西&欲哭无泪 ♡

鲁小迅先生说了，真正的男子汉就要敢于直面淋漓的鲜血，所以，尽管我的心在滴血，但我依旧没有放弃。

手里还拿着那本他写的《撩妹攻略》，我就不信，等我把这本书"吃透"还会追不到韩梅梅。

眼看着圣诞节就要到了，我这个一年都看不了一本书的人终于把床头的这本《撩妹攻略》"啃"完了。

合上书的一瞬间，总觉得自己已经是个撩妹达人，就像玩游戏一样，哥哥我现在满级了！

结合书中举的例子，我毫不费力地制定出了第三套作战方案。

韩梅梅这个人，从小到大都被我给宠坏了。这么多年，因为她，我从来没有谈过恋爱，她一定是觉得无论什么时候我都会站在原地等她，所以才对我这么爱答不理。

陈奕迅不是有首歌唱了么：被偏爱的都有恃无恐。

她韩梅梅就是这么一个人。

所以，要让她认清自己的心并且主动走出这关键的一步，就得靠我暗中推动了。

韩梅梅有个关系很好的闺蜜，我们也认识挺多年了，叫Lucy，她是个双胞胎，不过这不是重点，我们要说的跟她有没有姐妹没关系。

《撩妹攻略》中有一章讲的就是“如何征服一个傲娇的女人”，作者鲁小迅先生的意思就是“声东击西”。

所谓的“声东击西”就是明明喜欢的是韩梅梅，但我偏不说，非但不说，还要骗她我喜欢的是别人，更重要的是，得让她帮忙出谋划策，让她帮我追别的姑娘。

这么一来，她必然会吃醋，她一吃醋，就知道原来自己深爱着我，于是，在我投入别人怀抱之前就会先紧紧拥抱我，流着泪疯狂地亲吻我，对我说：“李雷！不要离开我！”

画面太感人，想想我都要哭了。

计划已经拟定完毕，接下来就是实现了。

我把《撩妹攻略》压在枕头底下，等待着明天的来临。

“有件事儿我想说很久了。”早上吃饭时，我对韩梅梅说了这句话。

她低头吃面，瞥了我一眼。

我也瞥她，等着她问我。

“有屁就放。”她说完，猛地抬头，“有屁憋着，有话就说。”

她可真是个善变的女人。

我说：“其实，很久以前我就想告诉你了，但是一直都不好意思说。”

我表现得很扭捏，书上写了，男人也要时不时展现出柔情的一面，这样更能吸引女孩子。

“嗯，说。”

“我……”我一副欲言又止的样子，简直就是戏精上身，“我喜欢一个女孩挺多年了，但一直不敢告诉她，这不是眼看着就要圣诞节了么，我想趁着这个机会跟她表白。”

我说完这句话，韩梅梅久久地凝视着我。

我很激动，估计当时激动得耳朵都红了。

她很少会有这样的反应，所以很明显，我的话让她紧张起来了！

“其实那个人你也认识，之所以一直不敢表白，就是怕以后连朋友都没得做。”书上写，一定要说得暧昧些，在最开始，让她误以为我说的是她，让她对我抱有期待，等待着我向她表白，然后，我再话锋一转，把丘比特的小箭箭指向她的朋友，这样一来，她就会受到刺激，然后崩溃！

果然，韩梅梅放下了筷子，抽出纸巾，问我说：“你说的人我也认识？”

我坚定地点了点头。

她的脸色变得有些难看，而我却无比欣喜。

我说：“我知道你可能一时半会儿没办法接受，但感情的事，来了就来了，爱像一阵风，挡也挡不住。”

她看向我，皱着眉，说：“所以，你真的打算跟 Jim 告白了？”

你们能想象吗？当时我仿佛看见有三条黑线出现在我的额头边，我很想问问韩梅梅女士，她脑子里装着的到底是什么？

我很绝望，并且郁闷。

早饭我没吃，沮丧着脸准备出门上班。

她跟我一起出来，说："你也不用这么失落，Jim 不是那种会因为这种事就跟你闹掰的人，我们作为朋友，也都会尊重你的性取向，你放心好了。"

我能放心吗？我喜欢的人以为我是同性恋！

我看着她，心如刀割："不，你误会了，我喜欢的人不是 Jim。"

她一愣，恍然大悟："原来是林涛！"

我觉得我必须得直说了，否则她会把我们认识的所有男性朋友都猜一遍。

"是 J……呸！是 Lucy！"我说，"我喜欢的是 Lucy！"

万万没想到，当我说了这句话之后，韩梅梅竟然松了口气。

她拍了拍我的肩膀说："还好还好，你可吓死我了。"

这我就有点儿不开心了，她刚才不是说不歧视同性恋吗？

"你不是说你不歧视同性恋吗？"我问了出来，"干吗现在这副样子？"

她笑笑说："我确实不歧视同性恋，每个人都有自己追求爱情的权利，但是吧，你要知道，如果你真的是 Gay，有个人会很伤心。"

那一瞬间，我仿佛看到了自己美好的未来，我就知道，她爱我！

然而下一秒，她对我说："你刚才是说你喜欢 Lucy？我的天呐，你为什么不早说？"

看吧，韩梅梅女士还是个喜欢大惊小怪的人。

我刚想得意地说点儿什么刺激她，然后我就被她刺激到了。

因为她说："Lucy 也一直默默喜欢着你啊！"

那一刻，我仿佛看到夕阳下的奔跑，那是我逝去的青春。

这个早晨，我上班迟到了，因为我跟韩梅梅女士在小区门口吵了起来。

她非要立刻打电话给 Lucy 告诉她这个“好消息”，而我，当然不可能让她这么干，那简直就是在拿自己的生命跟友谊作死。

就这样，我们互相拉扯，最后，我为了控制情绪激动的她，不得不紧紧地把她抱在怀里。

我说：“不要这样，梅梅，你根本不懂我的心。”

我觉得事情有些失控，完全没有按照剧本来，所以，我只好临时改变作战计划，干脆就地表白。

我搜刮着脑海中的各种告白句子，几分钟之后，终于搜索到了。

我说：“你有钥匙吗？我说的是，打开你心扉的钥匙。”

“哈？”她使劲儿挣扎，没用，于是用她的高跟鞋狠狠地踩了我一脚。

很好，我就喜欢她这样有狠劲的女人。

这个时候，我人生中第一次体会到读书是多么有用的一件事，当初我熬夜把《撩妹攻略》中告白的句子背下来，简直不能更机智。

“我见过最美的清晨，是凌晨五点，你熟睡的脸。”

然后我就又挨揍了。

韩梅梅追着我一边打一边喊：“你丫的什么时候偷偷进了我房间？”

怎么说呢？爱一个人好难哦。

♡ 写在尾声的痛彻心扉 ♡

各位，你们好，想必已经不需要我再进行自我介绍了。

接二连三的打击终于让我认清了一个事实——我的撩妹功力还不够深厚。

《撩妹攻略》中说了，强撩的结果要么是尴尬要么是挨打，而我，已经二者全都经历过。不是世界的错，而是我的错。

错在我没能更努力地去学习，错在我没能……多看这本书的出版时间一眼。

1990年1月第一版。

我用二十七年前的撩妹方式去撩一个今年二十七岁的职场女强人。

时至今日，我终于找到了恋爱失败的原因。

不过，没有什么可以打倒我这个铁骨铮铮的汉子，因为，就在五分钟前，我已经下单买了最新版的《撩妹手册》，这次的出版日期是2017年9月第一版，我相信撩妹的技术都是最新潮的。

各位老铁，等我的好消息吧，下次我表白前会提前发直播间的链接，成不成功，都请各位积极打赏，毕竟，我也挺不容易的。

哦对了，我已经准备给这篇东西改名了，比起《撩妹成功记事簿》，它似乎更应该叫《李雷的失恋日记》。

不说了，去哭了。

哭过之后，再相见。

— 完 —

糖果名称 《仙人跳》

糖果类型 酸甜跳跳糖

制作者 @温酒

· 特 别 提 示 ·

仙人跳这种东西很危险，一旦攻略，有可能会获取狐妖一只

甜饼剧场 · · · · · ·

“太子，咱们来这种地方是不是不太好？”小太监压低声音，小心翼翼道，“您作为一国储君，实在不该沾染这些风尘之气，这要是被皇上知道了……”

“我都没怕，你怕什么！”少年不在意地挥了挥手，出声打断道，“父皇总共就两儿子，还能剐了我不成？”

“可没准儿把我剐了呀！再说，您哥哥可一直看您不顺眼，搞不好会借这个机会弹劾您。”小太监拉了拉少年的衣服，“太子，这里面都是些庸脂俗粉，入不了您的眼的，要我说，您现在就转身回……”

少年翻了个白眼，用力挣开小太监的手，纵步闯进了屋子。

屋子里的女孩被突然打开的门吓了一跳，差点儿从椅子上翻过去。

少年定定地看着女孩，脸微微涨红，咽了下口水。

“你……你……你这么好看，卖什么身！”少年眉毛一横，强硬道，“你现在跟我走，以后吃香的喝辣的，绝对亏不了你！”

“我不卖身……”女孩第一次见这样的人，心中莫名感动了下，破天荒地解释道。

少年愣了一愣，声音弱了许多：“那……那你给我跳支舞？”

“我也不卖艺。”女孩道，“我其实什么都不卖……”

“那你在这个地方干啥？”少年问道。

“我懂了，是不是这里的老鸨骗你来的？！”还不等女孩回答，少年猛地一拍脑门，怒道，“岂有此理，看我不拆了她的这座破楼！”

“不是你想的那样，这是我自己琢磨出来赚钱的点子。”女孩有些尴尬地解释道：“我其实是只小妖精来着……仙……仙人跳，你懂吧？”

“不懂！”少年一脸天真地摇头，“为啥不叫妖精跳？”

半个时辰后，小太监终于忍不住推门进了屋子。少年见他进来，才缓过神来，一脸傻笑道："她说下次见。"

小太监扫了屋子一圈，没见到任何人影，反倒觉得少年身上缺了些什么。

"御赐金牌呢？"

"给她了！"少年还是一脸傻笑，"嘿嘿，她还说下次见面我就知道仙人跳是什么意思了。"

小太监嗫嚅半天，终于没忍心告诉少年真相。

然而眨眼间数年过去，少年再没见过女孩。

他几次派人去问，青楼老板却都说不知其踪迹。再后来，老皇帝的身子越来越差，宫中钩心斗角的事情渐渐多了起来，少年便渐渐把这件事放在心里，不再重提。

老皇帝驾崩那晚，大皇子终于把军队带到了太子守灵的殿前。他抽出剑来，一马当先地闯了进去。

几秒后，他又飞了出来。

领头的几个军官眼看大皇子口吐血沫，怕是不死也要落下终身残疾，他们颤颤巍巍地扔掉了武器。

"这就是仙人跳？也太厉害了吧！"少年瞥了瞥身后的女孩，压下兴奋的神色，一脸威严地宣布登基。

待所有人走后，少年才放下架子，激动地缠着女孩问东问西。

"跳了个皇位而已，"女孩撇了撇嘴，"对我来说，这东西根本不重要。"

"还有比皇位更值得跳的？"少年甚是吃惊，"是啥！"

女孩狡黠地笑笑，露出两颗虎牙——

"你。"

— 完 —

第六集 ACTION

天才白痴梦

八千桂酒

一个同时患有拖延症和焦虑症的

高低不定产写手。

微博：@八百八十八桂酒

目标人物

郑小叶

循循善诱，一击即中

行动预案

我喜欢你，不是冲动

作战宣言

正在搜索…

敌情判断

有点笨，有点呆

♡ 1 ♡

“要背单词的话，可以试试把它们分成组，七天轮流一次，多试几次，自然就背下来了。”

说话的人似乎很困，声音不高，有些无力，也可能是因为睡眠不足觉得心脏难受。他的声音在课间吵闹的时候有些难以听清，于是他对面的女生夸张地把脸凑过去，大声问：“什么？”

她的声音实在说不上好听，闷闷的，因为刚刚给自己班级的临时排球队加油而有些沙哑，与对面男生的安静完全不同，她的肢体动作，乃至一个眼神，都显示出异于常人的活力，因为太有活力了，甚至显得有些聒噪。

“我说——”男生微微抬高了声音，忍着头晕的不适感，“背单词的话，要记得分组，七天轮流一组，多轮流几次就背下来了。”

“哦哦！”那个女生终于听清楚了，她坐回了椅子上，表情严肃地思考了一会儿，突然一挥拳头，恨恨地说，“本来能赢的！”

说完了，她拿十根手指摆在他面前，不住地抖动，笑嘻嘻道：“来，看烟花。”

她涂了指甲油，是那种非常好看的、质感透明的水粉色，因为手指很长，舞动起来确实很好看，虽然并不像烟花，更像是什么奇怪的荧光软体动物。

自己的建议根本没有被对方认真接受这件事，其实也没有让吴叶星有什么挫败感，反正也不是第一次了，那个背单词的方法更是在两年前就给她说过。对于这个从小就学习不好的发小来说，一到考试之前就跑来找自己哭诉什么也不会，知识储备为零，然后又根本不是真的想去学习，只是焦虑爆发找个人发泄情绪这件事，他经历过一次以上就已经习惯了，更何况已经无数次。

郑小叶说完了，自己也有些不好意思，她做了个怪相，单薄的眼皮撑起来，两片薄薄的嘴唇也抿紧了，故意压低声音，学着班主任说话："外星人小吴，我们的时间飞快地流逝了，现在我要飞快地飞去小卖部买一包脆脆肠——"

"飞快地"，是班主任的口头禅。那个梳着高马尾的班主任还不到四十岁，做事情雷厉风行，也有些毛毛躁躁，郑小叶最爱的消遣就是模仿她说话，还曾经因为被她听到过而吃了不少苦头。其实，其实她就是活该，吴叶星在心里想，她好像总是喜欢做一些看上去非常无厘头的事情，还能从中找到一些别人根本体会不到的快乐。话说回来，她似乎一直都这样，每天都因为一些莫名其妙的事情而开心，显得没有烦恼，也没有头脑。

郑小叶模仿完班主任，下意识地回头看了看，因为有了上次被当面抓包的经历，她现在模仿别人都十分谨慎。见自己身后空无一人，她摇头晃脑地做了个得意的表情，将外套穿好，跑下楼去买脆脆肠了。

吴叶星和郑小叶认识已经有十几年了，在老城区那个破旧的筒子楼里，两家的关系一直很好，郑小叶到现在还忘不掉吴叶星妈妈做的青椒土豆丝炒肉的味道。虽然现在吴叶星的家已经搬去了靠海的那个新开发的高档小区，每晚都能看到非常美丽的夜景，郑小叶的家搬去了城南，每天早上起床之后顺着那条街就能吃到十几种小吃，但是因为这里并非什么大城市，两个人还是别无选择地上了同一所小学、初中乃至现在的高中。

虽然早就知道她不是什么聪明的人……吴叶星心想，但是成绩差成这样，还是有点过分，女孩子不是相对来说会更加有自尊心吗，他怎么会在得知下学期考试过后就要把倒数五名分到其他班级去这个消息以后，还是这样漫不经心？

可是郑小叶就是这样漫不经心，她的焦虑发泄出来就好了，之后仍然能毫无顾忌地和自己的同桌女孩一起互相刷假睫毛、分着吃一根脆脆肠、拿起画笔胡乱涂鸦、偷偷看言情杂志，或者在实在想不出做什么的时候乱做怪相，把自己逗得哈哈大笑起来。

2

吴叶星是第一名。

并非某次考试的第一名，他从小到大，拿过的第一名数不胜数，考试、考级、比赛……如果说郑小叶对给自己找乐子这件事很有天赋，那么吴叶星的天赋点显然更加有价值。他就是标准的“别人家的孩子”，虽然话少，不擅长交际，但是因为有了“学霸”光环的加持，话少也可以是脾气好、性格温和，虽然他话少只是因为很多时候都不知道说什么好，但是在被人夸奖过很多次脾气好、有礼貌以后，他发现很多模棱两可的特质都可以被其他优点衬托出更多的优点来。

很多人都喜欢他，家长与老师不提，他的异性缘也很好。和他关系近的人都知道，他经常收到告白，还有一个人坚持给他写情书，虽然是匿名的，拿那种非常幼稚的画满了史努比狗狗的粉色信纸，内容是重复而不知所云的“天造之才，皆有其用，我喜欢你，非常冲动！我要在花开的时候表白”。这封莫名其妙又有点搞笑的情书已经成为他们朋友圈的笑谈，郑小叶更是逮着机会就嘲笑他：“我喜欢你，非常冲动！”

这会儿已经是冬天，她经常在上课的时候被冻得走神，其实呢，夏天也是一样。她想，学习这件事本来就是需要意志力的，可是她的意志力就是这么少，全都用在克服自己不要偷看杂志，不要偷吃脆脆肠，不要走神上了，等到真的开始学习时，意志力已经所剩无几，哪里还有多余的力气去背单词？

但是成绩好坏的后果并非她一个人承担，老师偶尔会和她的母亲交流一下她的学习情况，以至于她母亲的微信提示音一响，她就下意识地想要逃跑。微信是项多么害人的发明，如果微信像短信一样一条一毛钱，老师还会发那么多话来批评教育她吗？然而微信已被发明出来，她的骂绝对不会少挨。在某次英语随堂小考以后，她又被告了黑状。

回到家时，家里的客厅灯暗着，她甩掉了鞋往里走，喊："妈！晚上吃什么？"

那天晚上她什么也没吃，因为她妈妈狠狠地骂了她一顿。如果是平常，一顿骂并不能改变什么，她脸皮厚着呢，可是她妈妈骂着骂着就哭了，这让她有了一种天崩地裂般的惊愕。在她的印象里，自从妈妈和爸爸离婚以后，妈妈就一滴眼泪也没有掉过，更何况是因为一次可有可无的随堂小考？但妈妈就是哭了，郑小叶吓得要死，她保证自己肯定会好好学习，考上一个好大学，甚至连以后拿奖学金给她买高档化妆品这种鬼话都说出来了。然而这些话并没有奏效，妈妈推开她，把自己关进了卧室里，生平头一次让女儿饿了肚子。

♡ 3 ♡

郑小叶第二天就缠上了吴叶星，她前所未有地紧张，似乎自己马上就要被亲妈抛弃。吴叶星看着她单薄却灵动的眼睛，用那种他特有的，低低的，不带什么感情的声音说："你要不要试试学个特长呢？"

"我不要！"郑小叶攥着他的手腕，咬牙切齿，"我要好好学习，好好学习你懂吗？"

吴叶星不知道她激动个什么劲儿，但是因为他从不敷衍的性格，还是认真地帮她想了一份复习计划，并且给她写在了纸上，条理清晰，看上去可执行程度很高。

郑小叶“哈”了一声，拿起自己的本子仔细看，似乎觉得自己得到了学霸的加持也能马上成功似的，她表演杂技一般将本子扔起来，又接住了它。

桌子上落了一张纸，是从笔记本里掉出来的，淡蓝色，应该是那种最普通的薄练习本的封面，上面写了一行字：“如果感到幸福你就拍拍手！”

“这是什么？”吴叶星拿起那张纸，看清了上面的字以后哑然失笑，“你写这句话干什么。”

“因为这是我家里小时候合唱会的必备曲目啊！”郑小叶也拿起那张纸看，“‘如果感到幸福你就拍拍手，如果感到幸福你就跺跺脚’！每次我爸爸跺脚，楼下都要来找他谈谈，他跺脚的声音太大了。”

“叔叔最近还好吗？有打过电话吗？”

“挺好的呀，听说还戒烟了，小儿子也要上初中了，但是我觉得他的基因也就——也就那样儿吧，还能生出来一个像你这样的天才不成？”

也许是提到了自己的父亲，郑小叶情绪有些低落，吴叶星也有些后悔提起这个话题。为了转移注意力，郑小叶又做了个怪相，她用力拍拍手，非常认真地说：“如果感到幸福你就拍拍手！”

吴叶星微微挑了下眉毛，不知道如何回应她，郑小叶突然凑过来，“哇，你好白啊。”

他确实很白，甚至白得有一些病态，以至于达到了苍白的地步，而他的眼睛颜色也很浅，整个人的气质更显得有些虚无缥缈起来。郑小叶凑近了看他，用那种《神奇动物在哪里》里甜品师打量神奇动物的眼神打量他，并且越凑越近，近到两个人的鼻尖都差点碰上。

“你真的好白啊……”郑小叶说：“像奶油小方。”

奶油小方是学校超市进货最多的一种冰棍，很便宜，也很小，奶味很足，不到巴掌长，窄窄的一根，白得像是一堆清雪，郑小叶很喜欢吃。也许是奶油小方吃多了，她本人也有一股奶味，甜甜的，钻进了吴叶星的鼻子里，他觉得那股奶香味像是一只小手，把他的神智一点点给捉走了，撩拨得他神志不清。

♡ 4 ♡

对于从初中就开始喜欢上郑小叶这件事，吴叶星觉得没有什么奇怪，虽然即使聪明如他也搞不懂对方的魅力点在哪里，但是他自从知道同龄人很爱讲的“撩”这个词的意思以后，就觉得自己大概是被对方给撩住了……然而想到这里，吴叶星突然觉得头晕，他认为是大脑实在无法思考出郑小叶这样毫无女子力的臭丫头是怎样撩自己而瞬间短路的，最近头晕得愈发频繁，大概是短路得愈发厉害。

那份学习计划并没有被好好地执行，严格来说，它大概只被执行了百分之四十，其中关于英语的部分被执行得最好，因为英语并不用像数学一样进行逻辑思考，只背单词就能得很多分。

只背单词就行了！郑小叶拍拍吴叶星的肩膀，“兄弟，我今天背了三十个单词，厉害吗？”

她的手掌很有力，大概是因为常年打排球的原因。她知道，所以平时她和别人玩闹也会注意，只是她今天很开心，一时之间有些得意忘形，使出了全力，但是她没有想到自己有这么大的力量，居然一下子就将吴叶星给拍到了地上。

“喂！”郑小叶吓了一跳，慌乱地半跪在地上扶着他坐起来，因为这节是自由活动的体育课，其他同学都在外面打球或者聊天，只有零星几个人在教室里，她这样一喊，周围的人全都围了过来。吴叶星倒在地上一动不动，睫毛却在不住地颤抖，过了会儿，他睁开眼睛，笑着说：“吓唬你的。”

周围的同学都在起哄，“哦——哦——”的，郑小叶却没有感到害羞，而是狠狠在他肩膀上拍了一巴掌，骂他："你神经病啊！"

骂完了，郑小叶转身就走，右手却抖得厉害极了。她走到卫生间，打开水龙头，就着冰凉的水给自己好好洗了一把脸才冷静下来。

吴叶星心脏不好这件事她很小就知道了，因为小时候她总是被家长提着耳朵训斥不要欺负他，不要惹他生气，在几次大手术过后去医院探望他的时候，也被他父母脸上的表情惹得十分紧张过，所以郑小叶其实一直都有点担心吴叶星会突然死过去。虽然这话听起来太不吉利了，但她确实就是这么想的，刚刚对方突然地倒下去，可把她吓了一跳，这会儿冷静下来，觉得头都晕了。

头晕的不只是她一个人，吴叶星也很头晕，他知道自己可能又要手术了，经历过很多次大手术的他以为自己已经心态平和了，可是一想到郑小叶，他就有些意难平起来，还没有和她告白，万一以后再没有机会了呢？

♡ 5 ♡

郑小叶又经历了一次小考，倒是比上次进步了许多，她感激自己的救星，特地买了一些零食在早上带给对方。

"喂！"她敲了敲桌子，"来这么早。"

"嗯。"

吴叶星快速把本子合上，郑小叶疑惑道："写什么呢？"

情书。

当然不能说。

"默写课文。"

"撒谎。"郑小叶说，"给我看看。"

当然不能给她看，吴叶星将本子放好，轻而易举地制住了她，捉着她的手腕压在了墙上，坚定地说："不能给你看。"

"你真的在写情书啊？"郑小叶猛地垂下了嘴角，"知道了。"

她气鼓鼓地将他桌子上的零食全部收走，一点渣都没有留下，把它们放在自己桌子上大吃特吃起来。吴叶星喜欢别人了？他不是外星人吗？哪有外星人给别人写情书的？她不会允许的！

想到这里，郑小叶咀嚼零食的动作停滞了一下，她为什么不允许呢？有什么资格不能允许？但是不到三秒钟，她就非常自然地给自己找到了理由——她是外星人吴叶星在地球上的联络员，她不能看着吴叶星和地球人私通而无动于衷！

想到这里，她猛地把头转了回去，刚要恶形恶状地威胁几句，就愣在了原地，然后忍不住颤抖着尖叫起来。

6

吴叶星时隔七年，又躺在了医院的病床上。

郑小叶吓得不轻，眼泪都要流下来。她没心思计较什么情书，坐在床边握着吴叶星的手，说一些不着边际的鼓励，吴叶星微笑着看她，一双颜色浅淡的眼睛被医院的白炽灯照映出璀璨的光辉。

"你也要鼓励鼓励自己啊。"吴叶星说，"下次考试后五名会被分出去的。"

"啊？"郑小叶呆滞地说："你还有心情管这个……"

"如果你被分出去，就不能坐在我后面了。"吴叶星认真地说，"不能坐在我后面，我就不能一回头就看见你了。"

"但是我想一回头就看见你。"他笑着一下，"记得背单词，把他们分组，七天轮流背一次，别的科目也要学，可千万不要偷懒。"

“你、你说这个干什么……”郑小叶的嘴唇颤抖着，又很迷茫。她突然扑到了吴叶星的身上，像一只大型犬，哭丧着脸说：“怎么办？”

“什么怎么办？”吴叶星说：“其实我每次手术之前都有预感，每次都很准，这次我的预感是会平安无事，所以如果没有事的话，手术就完全不必放在心上，那么我们应该去担心更加现实的事情，比如说你的考试……你觉得呢？”

“我、我怕我考不好。”郑小叶攥着她的手，“我是白痴啦，你知道的。”

♡ 7 ♡

郑小叶觉得自己身兼重任，有了前所未有的动力，不做最后五名！她心想，一点也不难的，不难的。

虽然她拿了这么久的最后一名。

人的潜力有限，并不能随意说“无穷”这样夸张的字眼，然而她从前的努力程度根本轮不到挖掘潜力。如果拿数字来比喻，顺其自然的程度是0，努力的程度是10，那么她从前大概徘徊在 -10，所以只要顺其自然的话，不用特意克制自己的惰性，也就不会让成绩特别地惨不忍睹。

然而事情并不尽如人意，天才宾馆与白痴宾馆虽然只有一墙之隔，但想要偷渡也没有那么容易成功。她照着吴叶星的学习计划按部就班，却总觉得一头雾水，又因为总是担心着吴叶星的手术，并不能安心去学习。世界上的事情求上得中才是正常，她什么也不求，自然什么也得不到，就在考试的前一天，她忍不住偷偷跑去医院去见吴叶星，祈求学霸能够给予自己一些祝福。

吴叶星看起来很疲惫，也很困，一直在打哈欠，然而看到郑小叶来了，他还是很开心，让她坐在自己身边，与她闲聊着。

“我是不是真的很白痴。”郑小叶拉着脸，像是让自己白痴的是对面的天才少年一样，“嗯？”

“你觉得呢？”少年伸出手指来，在她眼前挥舞了几下，“如果按照世俗的眼光来看，你是很白痴，但是如果按照另外一套评判标准，你又是一个非常难得的天才。”

“哈？”郑小叶又做出了一个怪相，“什么呀。”

“没有什么。”吴叶星笑着说：“明天就考试了，感觉还会拿倒数第一吗？”

“这个……”郑小叶犹豫着，很为难似的哼了一声，“会呀。”

她低着头，看不清表情，眼泪滴到了浅蓝色的羽绒服上，把上面洇出了一个深蓝色的小圆点，可是表情又没有多么难过，像是和自己的亲人哭诉一些莫须有的委屈一样，“我就是白痴啊！你是天才，你不会懂白痴的，你教我的东西我都记不住，算了算了，我要走了！再见。”

“把单词分成组，七天循环一次，这样就记住了。”

“嗯？”郑小叶回头，“我……我知道这个啊，你告诉过我。”

吴叶星抬起手来，让自己的手指类似软体动物：“你看，烟花。”

“烟花炸开了。”

郑小叶稀里糊涂地站起来，表情茫然，就那样站在原处，吴叶星说：“‘天造之才，皆有其用’，对不对？你不是总说吗？”

“我哪有总说啊！”

“你每星期都会给我写的情书上不是全都是这样的内容吗？”吴叶星笑了一下，“还以为你很认同这句话呢，你真的不白痴，教给你的东西都记住了，还用得得心应手。”

♡ 8 ♡

想背的东西，七天循环一次，就会记住了。

她两年前听到的技巧，出自这个天才少年之口，她无条件地相信了，于是她开始每隔七天就给对方写一封情书。

“天造之才，皆有其用，我喜欢你，非常冲动！我要在花开的时节表白。”

就是这样一封意义不明、像是搞笑短句的情书，几乎蕴含了所有她作为女孩子的柔情——虽然我是白痴你是天才，但是我们出现在这个世界上，肯定都会有自己的意义，我要等，等到花开的时候和你表白。

“烟花也是花吧，你不是总玩。”吴叶星笑着说，“烟花炸开了，你要表白了吗？”

9

那一次考试，郑小叶奇迹般地脱离了班级后五名，考到了后十名，这对她来说算是一个极大的进步了，虽然她提高的只有英语水平而已。

“多亏了你呀。”她拿手指头戳吴叶星的后背，“你，厉害，我的单词都背下来了。”

吴叶星回头，刚刚做完手术的他气色还不错，听到对方这么说，笑了一下，“你从白痴宾馆逃出来了。”

“天造之才，皆有其用！”郑小叶不住地拿手指头在他面前表演烟花，“我喜——我要飞快地下楼去买脆脆肠了，你要不要吃？”

“好啊。”吴叶星转过去，继续自己那封未完成的情书，他终于想到了要以什么样的话作为结尾。

我喜欢你，不是冲动。

—完—

糖果名称 《前世有猫》

糖果类型 软萌棉花糖

制作者 @患者阿离

·特别提示·

有猫的大将军惹不得

➡ 甜饼剧场 ·······

集市上，除了卖手抓饼和烤肉煎饼果子的小贩外，还有一只猫蹲在阴凉处晒小鱼干。

将军凯旋，各小贩通通将自己的摊子撤回去让路，只剩下那只猫横在路中间滚了滚，变成一个揣着袖子吸鼻子的圆圆脸小黄猫。见自己眼熟心更熟的将军下马过来，便抬头看他："算一卦不？我掐指一算，你前世有猫。"

将军俯视它："我每次打完仗，你都要跟我说这句话。"

小黄猫抓起一个小鱼干嚼巴嚼巴咽了，心酸嘟囔："前世你每次打完仗都还给我带新鲜小黄鱼呢！你死后我都改吃鱼干了……"

将军似乎没听见它说话，把它的小鱼干拾起来："以后别说我前世有猫了。"

小黄猫伸爪去挠他的脸，气急败坏道："凭什么！"

将军双手穿过它的腋下，把小黄猫一把抱起来："我刚掐指一算，我今生也有猫。"

—完—

第七集 ACTION

我想做你嫂子可以吗？

柚子多肉

写甜文的懒废小胖子。

微博：@柚子多肉

目标人物

周屿

遇强则强，该上就上

行动预案

想他，想亲他，想扑倒他！

作战宣言

正在搜索…

敌情判断

反撩能力爆表

1

开学第一天，我在车站等我闺蜜等了三个小时。

给她打电话她也没接，我要气疯了，怒发十几条短信轰炸她。

“宝贝，你下车了没有啊？我在出站口等得腿都麻了。”

“接电话啊，你在逗我吗？”

“我生气了！让我等了那么久，回学校我可要‘收拾’你了啊！”

“好好想想要怎么讨好我吧（发火）（发火）（发火）。”

我又一连发了几个表情过去，那边还是没有回复。

我实在是等得不耐烦，刚准备要撤，手机就响了一下——她回复了。

“？”

哎哟？这个人还好意思打问号哦？

我刚要骂人，结果下一条跳进来的短信就吓得我魂飞魄散。

“我是安安的哥哥，她没赶上车，坐了下一趟，4点才到。安安的手机落我车上了，你是她男朋友？”

“不是”两个字还没发出去，他又回复了。

“还挺厉害的嘛，（微笑）‘收拾’我妹妹？”

不夸张地说，我感觉自己的头皮瞬间炸开了。

完了完了，这下玩笑开大了。

我这边还在满头大汗地打字解释，他那边又突然拨了电话过来，弄得我措手不及，连忙手忙脚乱地接通了，然后不等他开口就急忙解释：“喂，你好，我是安安的舍友，刚刚是和她开玩笑呢！她没有男朋友！不好意思不好意思。”

那边沉默了好大一会才开口，似乎是被我噎到了，语气显得有些艰难：

“你……真会开玩笑。”

我自己也觉得很好笑，一边忍着笑意一边连声道歉：“对不起对不起。”

他也在那边轻笑了一声：“吓我一跳，差点就要开车过去了。”

我还真的挺抱歉了，我自己也有个妹妹，要是让我看到有人要“收拾”我妹妹，我肯定要提着菜刀冲过去的。

“我一会把她手机给她快递到学校去，麻烦你帮我跟她说一声。”

我忙不迭地应了“好的好的”，又很懂事地说：“你放心，一会我接到她了会给你回信息的。”

他又笑了一声：“那就麻烦你了。”

“没事没事。”

电话挂了没多久我就接到了安安，一顿臭骂之后才把聊天记录给她看，本来还挺内疚的，担心被她骂，结果她看完之后快笑死。

“哈哈哈，有生之年终于能看到有个人噎我哥了，干得漂亮啊我的朋友。”

嗯?

我……真是有点心疼她哥。

“我怎么不知道你有个哥哥啊？”

“一个表哥，平时很少见面的，今天是因为我们聚餐，走的时候他就顺便送我了，然后手机放他车上充电，就忘记拿了。”

回学校的路上我给她哥回了信息，说已经接到她了，在回学校的路上了。

他回了一句：“好，注意安全。”

安安抢过手机打了一句话过去，我看了一眼，差点要炸。

她回复的是：“我会做好安全措施的，放心。”

“安安！”

她一边笑一边迅速删除不给我撤回的机会，然后把手机丢给我。

那边她哥哥秒回："祝你们玩得开心。"

……

2

结果回学校隔了一个星期安安都还没收到手机，没有手机，她整个人像是要来姨妈一样，分分钟都要爆炸，每隔一小时就要我给她哥发信息问她手机到哪了。

她哥还蛮有耐心，都会回复我："这边显示已经到你们学校了，可能快递员还没配送吧。"

对，我们那两天都在"复制粘贴"似的发短信。

我："安安哥哥你好，安安问手机到哪了？"

安安哥哥："这边显示已经到你们学校了，可能快递员还没配送吧。"

Again and again 。

最后是我先认输，和他说："一般到的当天就会配送的，这都好几天了。"

安安哥哥："那好，我打电话去问问。"

"你哥脾气真好。"我把手机给安安看，"要是我妹手机掉家了，我才不会给她寄。"

安安不以为然："好个头，寄个手机都能寄那么几天，没用！"

没一会他就回复了，说快递公司那边说电话没人接，所以没有送货。

我愣了一下，半晌才小心翼翼地问："你是不是……填的她的电话号码？"

他瞬间就回了一串省略号。

看来是的。

他填的安安的号码，安安的手机在快递盒子里，当然没人接。

我忍不住问安安："安安，那啥，你哥多少岁？"

"大我三岁。"

也太蠢萌了吧！

他在那边很快就修改了联系方式，半小时后快递员就电话我去领快递了。

我在陪安安去领快递的途中收到他的短信，让我别告诉安安。

我简直要笑死了，直接回他："封口费呢？"

他耿直地发了一个红包过来，我猜着有可能是几毛钱或者几块钱，所以就点开了，结果里面有88元。

我吓了一跳，说："那么大的吗？"

他回了一句语音："不算大，是封口费加这几天的话费。"

我悄咪咪地将那条语音来回听了三遍，然后回头跟安安说："我有没有和你说过，你哥哥的声音很好听？"

"没有啊。"安安漫不经心地说，"我跟你讲，声音好听的人都丑！"

我："但是他朋友圈里那张撸猫的照片，看手和手腕都很好看啊。"

"手好看的人也丑。"

我无话可说。

♡ 3 ♡

虽然安安说"声音好听的人都丑"以及"手好看的人也丑"，但是架不住我是个声控和手控，还是天天在和他聊天。

然后越聊越上瘾！

基本上已经到每天晚上都要听到他跟我说晚安我才睡得着了。

这种状态美好又危险。

十一月份，我和安安最喜欢的乐队来 C 市开演唱会。

我们没抢到票，只能找各种黄牛买票，眼看着票价一天一百地升，好不容易找着黄牛订了票，刚要给人转账，安安就激动地按住了我的手。

我："？"

安安："不用转账了，我哥给我们拿到票了。"

我也丢了手机，激动道："妈呀，我爱你哥！"

"哈哈哈，嫂子好。"

"嘻嘻。"我听到安安这么说，心里有点小开心。

演唱会那天，我和安安下午回了 C 市，安安再次充分向我展示了有哥哥的好处："叫不到车，我让我哥过来接我们了。"

我眼睛都瞪圆了："这么帅的吗！"

"恩，要是他不迟到，我们还能去吃个饭再过去。"

我们两人刚刚下车，安安就一边给她哥打电话，一边抱怨："不接电话，这个人肯定又要迟到了。"

我拉着她往外走，一打眼就看到人群外一个穿黑色毛衣的男人正往这边瞧，因为个子高挑又格外白，所以很显眼，我忍不住多看了两眼，接着就和他对视上了。

偷看帅哥被发现这种事情我遇到得多了，所以也没怂，还大大方方地冲他 wink 了一下，对方微微一怔，然后笑了一下。

我的妈呀！这么一笑，简直犹如春风扑面啊。

我当即就感觉自己被电了一下，连忙捅了捅安安："安安快看，有帅哥。"

"哪哪哪？"安安跟着我的视线看过去，然后翻了个白眼，"那是我哥。"

“黑毛衣那个？”

“对。”

我捂脸，“这就尴尬了，我刚刚……冲你哥放电来着。”

安安瞬间爆笑，一直到走到她哥面前，都停不下来。

我觉得超尴尬，走过去的时候都不敢看人，恨不得钻进旁边的出租车走掉。

“哇，你今天怎么那么快？”

“翘班过来的，你不是说迟到一分钟扣我一百块的吗？”

“你在乎过这几百块钱？”安安说，“我看你是因为有美女在，所以才急忙忙赶来的吧？”

他哥低笑。

天哪！笑声也那么撩人，过分了。

然后安安跟我介绍：“这是我那个‘狗子哥’，周屿。”

我不得不抬头，和他对视：“你好。”

他仍然笑着，眼睛弯弯的：“舒晴你好。”

我脸红了。

安安“哇哦”了一声，不怀好意地说：“记人家名字记得这么清楚干吗。”

周屿拍了一下安安的脑袋：“去吃饭，和风，我订了位置。”

安安蹦了一下：“哇，你怎么知道我想吃这个了！”

晚上吃的是日本料理，东西很精致，很好吃，就是没吃饱，虽然周屿点了很多，但是我真的没有吃饱。

走的时候周屿还问我有没有吃饱，我很矜持地说吃好了。

周屿感慨说：“周安安，看看人家看看你自己，一整碗鳗鱼饭都是你吃的。”

安安“呵呵”一声：“她那是不好意思吃。”

“那你能不能也不好意思一下呢？”

“你滚。”

4

不好意思的结果就是演唱会结束的时候给饿得头昏眼花，看到路边有卖烤肠的都走不动道了。

我买了一根香肠拿在手上啃，又被烫得“呼哈呼哈”地直吐舌头，安安笑我：“怎么吃根香肠还那么斯文？”

“怎么啦，不行啊？”

“没没没，可萌了，你再吃一下看看，我给你录个视频你自己看和你平时吃东西的德行是不是不一样。”

我就真的配合地吃了一口，还卖萌地眨了眨眼睛，我的表演我自己都怕。

“哎哟哟不得了……”她欲言又止，“你可以去当网红了。”

“哈哈哈哈哈哈哈……”我哈到一半就被口水噎住了。

因为我看到周屿站在不远处，一脸有趣地看着我们，也不知道他看了多久。

回去的路上我都不太好意思说话，安安倒是兴奋得不行，恰好电台在回放刚刚演唱会的歌曲，安安就跟着唱，而且唱得非常嘹亮，周屿不堪其扰：“周安安，你能不能安静点？吵得我看不见路了。”安安唱得更大声了。

周屿叹气：“舒晴，你是怎么和她玩到一起的？”

“怎么玩到一起的？”安安笑了，“你怕是忘了，当初是谁说要‘收拾’你妹妹的？”整个车厢瞬间又安静了下来，只有安安在旁若无人地唱歌。

到市区的时候我提出要在附近下车，被安安皱着眉头否决了：“住什么酒店？住我哥家就好了。”

“啊？”我有些不好意思，“不方便吧……”

“不方便什么，周屿，你家没女人吧？”

周屿笑了一下：“没有，你们过去住吧，我一会还要回公司加班。”

我给安安发微信：“你哥哥好暖，好绅士，还特意回公司把房子留给我们住。”

安安秒回：“暖个头，他就是加班狗一枚，一个星期就在家住两三天。”

我：“……”

住男生家其实不太好，但这个男生是我一见钟情的，还是闺蜜的哥哥，所以我就觍着脸住下了。

周屿的房子就在市区附近，黄金地段，路上还堵了一会才到。

到楼下之后周屿没有下车，让安安直接带我上去：“东西随便用，冰箱里有吃的，不过你们得自己煮，不想煮就叫外卖，我先回公司了。”

我恋恋不舍地看了他一眼：“麻烦周屿哥了。”

他一下子就笑了：“不麻烦不麻烦，这声‘哥’叫得很好听，周安安不知道多久没有叫过我哥了。”

周屿出门之后，安安说肚子饿，我们看了一圈外卖都没找到想吃的，最后还是我下楼去便利店买泡面。

便利店就在小区门口，我一走出去，就看到了周屿的车。

他站在车外打电话，指尖夹着一根烟，头微微垂着，我举起手机偷拍了一张，他有所察觉，抬头就看到了我。

然后他笑了一下。

我连忙又来了个十连拍。

果然美的人看到镜头都不会躲的。

他挂了电话，掐了烟走过来。

“怎么下来了？”

“下来买点吃的。”

“家里不是都有？你要买泡面吗？”

“家里那些，我们都不会煮。”

他失笑：“行吧，上车，我带你去吃好吃的牛肉面。”

我眼睛都亮了：“真的吗？你不是说要去公司加班？”

“没什么急事，晚一点再回去也行。”

我更加确定了他只是为了给我们腾位置才出门的。

周屿开了十分钟的车，把我带到了一个小学门口，斜对面有一间小面馆还在营业，都这个点了，店里人还不少。

周屿去取面的时候我给安安发了微信，说自己在楼下碰到了她哥，现在在外面吃面，安安高兴得不行。

“给我打包一份啊，加鸡蛋牛肉谢谢！”

我给她发了一个“OK”。

安安回了一句语音：“哇，我哥真的鸡贼，在楼下守株待兔呢。”我听这条语音的时候是外放，恰好周屿回来了，从头到尾听完了。我假装没听懂安安在说什么，锁了屏就把手机揣兜里了。

面是手擀面，牛肉粒大味美，好吃得我都咬到舌头了。

“慢点。”周屿给我拿了一瓶矿泉水，“咬到了？”

我苦不堪言地点点头。

“我看看。”

我尚未反应过来，他就伸手捏住了我的下巴，我下意识地张了嘴。

“出血了。”

我脸红了：“没事，不是很疼，面太好吃了。”

“这附近有蛮多好吃的，以后再带你来吃。”

他这是在跟我约“以后”？

我美滋滋地点头：“嗯！”吃完面之后他送我回去，还把我送上了楼，给我开了门才走。安安就坐在餐桌上等我，闻到面的香味之后眼睛都直了。

我帮她把面装好端给她，她一边吃，一边碎碎念地跟我吐槽她哥这个房子的性冷淡装修风格，我给她倒了一杯水，鼓起勇气，和她说：“安安，你觉得我做你嫂子怎么样？”

安安一口面喷了出来。

♡ 5 ♡

“你认真的？”

“我喜欢他，确定了！”

“我哥不是你喜欢的款啊。”

“但是我见他第一眼就被击中了。”我小心翼翼地看着她，“你会介意吗？”

安安把杯子重重地往桌上一搁：“当然不介意！”

“吓我一跳！”

“你们在一起了我跟你就‘亲上加亲’了，肥水不流外人田，宝贝，上！”安安说。

我捂脸：“这么快就上？”

安安也跟着捂脸：“你真的是，又想哪去了。”

“那你觉得他会喜欢我这样的吗？”我又开始担心。

“你今天这样，他应该蛮喜欢的。”安安认真说，“但是你之前说要收拾我，然后刚刚吃香肠又那么作，他可能会有点受不了。”

我一个痛哭，恨自己戏太多。

我有认床的毛病，晚上没怎么睡好，早上又早早醒了，下楼喝水的时候，正好碰上从公司回来的周屿。

两个人冷不丁地打了个照面，我莫名地觉得有些尴尬。

“早。”他先和我打招呼了，笑得很温和，“起这么早？”

“周屿哥早，我下来喝水。”

“吃早餐吗？我从楼下打包了馄饨。”

难怪那么香。

我上楼去叫安安，她睡得像死猪一样，怎么摇都摇不醒，我只能自己回到餐桌上：“她没醒。”

“没醒很正常。”周屿说，“我们先吃，不用管她。”

馄饨很好吃，可能是因为这是我喜欢的男人买的，我吃了个精光，他还给我泡了牛奶，当我沉浸在这个美好的早晨时，安安下楼了，开口的第一句话就是：“周屿，舒晴说要做我嫂子。”

我剧烈地咳嗽了起来，牛奶都喷出来了。

周屿一边莫名其妙地看着安安，一边给我递纸：“什么玩意？”

“她。”安安指了指我，在我旁边坐下，“说喜欢你，想做你老婆。”

显然我想捂住安安的嘴巴已经来不及了，真恨不得钻到餐桌下面去。

周屿明显也蒙了一下，没有接话。

“这是什么？馄饨？怎么黄黄的。”

“因为你起来迟了，所以泡发了。”周屿自然而然地接话了，“你们几点的车？我一会送你们过去。”

“你就算了吧，加了一晚上班，赶紧睡觉去，我和舒晴打车过去就好了。”

那个话题就这样被盖过去了，仿佛安安从来没有说过，但是我仍然心虚得要死，一直到周屿上楼，都没敢看他。

中午我和安安出门的时候周屿也起来了，非要送我们，安安不想麻烦他，一直说要自己走，然后周屿来了一句：“我不是送你，我送我媳妇。”

我还没反应过来，安安就笑了：“你要脸吗？你要脸吗？”

最后还是周屿送我们去的车站。

回学校之后，我就患了相思病，我跟安安说，我把心落在周屿那儿了，安安只会翻白眼，说：“再这么文绉绉地说话打你了。”

我只好说：“我想他，想亲他，想扑倒他。”

安安微笑：“漂亮！”

然后我看到她手上的手机屏幕显示正在讲话。

我惊呆了：“你干吗？”

“帮你传达心意。”

“……”

我扑过去看，这家伙果然是录了下来发给周屿了。

我哭了：“完了完了我感觉要失恋了。”

“不要慌，问题不大。”安安说，“他回复了。”

“回了啥？！”

周屿回了一个字：“来。”

我瞬间有点呼吸困难。

安安眼睛都发亮了：“他不是那种会撩女孩子的人。”

“救命！”

安安还在编辑字，屏幕上又跳出一条回复："下周去你们那边出差。"

"绝对不是出差。"安安又超激动地说，"就是想过来过圣诞节，过来见你的。"

"讨厌啦。"我一脸娇羞。

安安扑过来掐我："我忍你很久了！给我正常点！"

6

圣诞节几乎隔了一千年才到。

周屿开车来的，他来学校接我们，穿着一件灰色大衣，站在车旁边抽烟，帅得一塌糊涂。

下一秒就有个环卫阿姨走过去说："不要在这里抽烟。"

安安大笑："让你装。"

周屿保持微笑："这里怎么就不能抽烟了？"

"阿姨是怕你一会乱丢烟头。"

我们一起去市区吃了饭，出来的时候遇到路边有大叔在卖花卖气球，他买了一枝花一个气球。

安安不怀好意地问："为什么我是气球，舒晴是花？"

周屿"噢"了一声，从她手中拿回气球，一并给了我："舒晴妹妹圣诞快乐。"

"哇，这是强行塞狗粮了？"安安说，"我是不是需要自行回校？"

周屿："不用，我给钱你打车回去。"

安安愤怒："过分了！"

我以为周屿是开玩笑的，没想到他真的拿出一百块钱给安安了："乖，给点空间你哥和你嫂子。”

安安“嘿嘿”一笑，说了一声“祝哥哥嫂嫂百年好合”，接过钱转身就走了。

我站在原地脸红得不行，眼睛只敢看他的脚尖，直到他伸手揉了揉我的脑袋：“去看电影？”

“啊，都行……”

走了两步，我又患得患失地停下，问他：“所以我们在一起了？”

“恩？”他愣了一下，然后像是突然想起什么来，牵住了我的手，“可以吗？”

“可以，那、那你喜欢我吗？”

“喜欢你吃东西的样子。”

“很性感？”

“像小猪，看着让人食欲大增。”

我：“……”

— 完 —

第八集 ACTION

被“撩”

金十四钗

让人爱恨交织的“甜”系作者。

微博：@金十四钗

目标人物

流川枫

只想做个安静的小迷妹

行动预案

篮球是你的唯一，你是我的唯一！

作战宣言

正在搜索…

敌情判断

太耀眼了！

如今互联网上有个论调：颜有高、低级之分。千篇一律杏眼尖腮的网红脸已经很难触动人们的审美，而一些乍看之下平平无奇的人或事物却常能将你吸引。

有些人管那叫“气质”，而我管这种“气质”叫“撩”。

“撩”这个字，字面上它是挑弄、引逗的意思，然而它其实神秘莫测，仿若赫本的优雅和梦露的性感，光凭词义本身很难具象，唯有出现那么一个人或一瞬间与它相得益彰之时，才算字有所值，才算赋予了生命力。

相信不少人与我有相同经历，恋爱没谈多少次，被撩的经历却难以计数。

我生命中第一个使我有被撩之感的异性就是流川枫，哪怕日后更多的漫画里涌现了大大小小形形色色的美少年——圣母系的金木研、冷漠强悍的兵长、绝对忠诚的恶魔塞巴斯酱……品种齐全口味繁多，适应人群更为广泛，但对我来说，真正一眼被撩得分不清东南西北的，唯有那个黑发剑眸的篮球少年而已。

那个十六岁金光闪闪披荆斩棘的梦想少年，任何困难横在面前都不会趑趄不前，篮球是他唯一的恋人，之死靡它。

因为儿时对篮球的喜爱，长大一些时便一头扎进了《黑子的篮球》，最欣赏的角色是青峰，人设虽与流川枫完全不同，但那酷炫狂拽的劲头倒是一脉相承。

记得有一幕是黑子与青峰打赢对手，青峰拒绝与黑子一同庆祝，只因独孤求败太寂寞，也就此成了黑子的心结。而后黑子的新队伍再遇青峰，实力完虐，当黑子把球传给他的新搭档火神，结果却被青峰拦下，他说：“阿哲，你以为谁接你的球最多啊？”

如今想来颇有些“霸总”，奈何当时偏被撩得神魂颠倒。

—完—

第九集 ACTION

奶味小黄鸡

酸菜坛子

甜虐交加糖毒齐喂的甜菜。

微博：@CP 甜菜坛子

目标人物

恩公

体贴而又不失礼貌的报恩

行动预案

恩公，您要开开心心！

作战宣言

正在搜索…

敌情判断

“失忆”

我被我家楼下一只鸡撩了三个星期。

是的，一只鸡。

其实楼下那家奶茶店开了有一阵子了，我没太注意过，因为我不喜甜，甜品我从来不碰。每次路过的时候，那股浓郁的奶茶味儿都扑得我鼻子发酸，我承认它很香，但我不喜欢。

我真正注意到它是从三周以前。那是一个寒冷的冬日清晨，那天我出门有些晚，因为我的闹钟在它应该开始唱歌的时间保持了沉默，不知道是我手滑选错了时间，还是注定我要在这节院长的课上迟到。院长课上迟到是很可怕的，她有一沓蓝色的小纸，迟到了会让人在里面抽一张指令去做。

当然，每一张都会让我很想去死。

我边走边思索究竟还有没有直接逃了这节课的可能性。

我想得太专注了，以至于一个庞然大物闯进我视线的时候，真的吓了我一跳，我甚至没有看清那是个什么东西，只知道是嫩黄嫩黄的一大坨，倒在了离我几步远的位置。

变故来得突然，我也走得太急，所以没能刹住，身体硬生生摞了上去。

我挺瘦的，但好歹有成年男子的分量，这么压上去导致那嫩黄的一坨发出了一声脆弱的呻吟。

我狼狈地爬起，低头看着它说："抱歉没刹住，压着你了啊。"

这时候我才看清了这坨小黄黄其实是旁边那家奶茶店的，它们店里好几个这种穿着玩偶服的店员，屁股上还印着店里的 logo。今天被我压到的是只小黄鸡，圆圆的眼睛加上张着的小红嘴儿，真是挺可爱的。

它看起来有点沮丧，以一个侧坐的姿势抬头看了我一眼，我估计是要从小红嘴儿里看人的，所以它一直用嘴巴对着我。

人总是会被眼前看到的一切蒙蔽，就像我明知道这里面装的可能是个比我还高的汉子，但我看着这只呆呆的小黄鸡还是免不了罪恶感横生。我向它伸出手，说："地上有冰太滑了，走路小心。"

它保持着之前的姿势没动，小红嘴巴还是对着我，直到我觉得这种僵持的气氛有点尴尬了，它才低下了头。它脑袋很大，所以低头的动作缓慢还带着点僵硬。我听到了一句："唉……好狼狈啊，我是不想以这种方式跟您见面的。"

声音里带着浓浓的失落感，不过听起来还是挺年轻的，也很好听，像是那种见到人会先微笑的阳光系男孩儿。

就跟我似的，不只阳光，还很英俊。

我笑了一声，问它："不打算起来了吗？"

它依然低着头，抬了抬它的翅膀伸向我，问："那可以请您拉我一下吗？"

我笑了下没说话，伸出手攥住它的小翅膀，握在手里很软，我感觉到里面有一只手回握住我。它借了我的力，笨拙地站了起来，然后松开我的手，对我说："谢谢您。"

我说："不用这么客气，我估计也比你大不了多少，不必用敬称。"

耽误了这么一会儿，我已经对我的那节课绝望了，但我还是想挣扎一下的，我说："我先走了啊，你回去换个衣服吧，走路小心。"

它艰难地点了点头，我转身要走，它却出声喊住我："您等一下。"

我回头看它，只见它张着短肥的小翅膀走了过来，在我还没弄懂现状的时候轻轻抱住了我。

入眼的是一只小黄鸡仔，鼻间都是纯纯又香甜的奶茶味儿。

那天我毫无悬念地迟了到。推开教室门的时候院长看了我一眼，然后淡定地从她的包里拿出了那沓小纸，我在整个学院同学的注视下抽了一张。

院长说："念出来吧，勇敢一点。"

“选一个人，站在讲台上，彼此拥抱两分钟。”

那个时候我心里是庆幸的，这个指令在她的小纸条中简直像开了挂一样简单。曾经我从里面抽到过一条：盲选一个人，用六十个英文形容词夸奖他，并且每一条都要切合实际。那是一段噩梦，我把所有脑汁都绞尽了也就编出了三十多个。

这次我挑了我本科时的室友，我俩站在教室前边拥抱，众目睽睽之下他对我笑得很猥琐，问院长用不用亲个嘴儿啥的。

我俩抱足了两分钟。抱着我一百八十斤的室友，我心想我这天是撞了什么运，怎么走到哪儿都要抱。

我想起了我家楼下那只小黄鸡，和它身上我原本并不喜欢的甜香。

从那天开始，我每天出门都能看到这只小鸡，它太有活力了，每次看到我都会以一种欢欣的姿态跑过来。它的“欢欣”不是我脑补出来的，是我真真切切看出来的，因为腿太短了，跑起来总是急促又滑稽的，要不是十足开心，估计也没这奔跑的劲头。

我真的觉得它是很可爱的，有一次它递了杯奶茶给我，我摇摇头拒绝了。我说：“谢谢，但是我不喜欢甜。”

“啊……”它有些不知所措，但马上又恢复了活力，“希望今天您能开心。”

我是要去学校找我导师的，他说介绍一个新的课题给我，我该走了，但刚才我拒绝了别人的好意总有些过意不去，于是我抽风一样地，在临走之前摸了下它红红的嘴。

摸完之后我觉得自己这个动作似乎有些不合适，想说点什么，但没想到合适的，最后我还是笑了下就走了。

我走了之后它原地蹦了几下，笨重的服装让它行动起来不怎么灵活，像一颗跳动的球。

可能是我这个不太恰当的动作对它有了什么鼓励，从那天开始它越来越奇怪了。它见到我还是表现得很亲切，但是亲切得过了头。

像一个急切想要撩妹的少年，但又不得章法，有时候看起来甚至像个小疯子。

比如有一次我从他们店门前走过，它跑着从里面出来，然后对我说了一句："您的眼睛漂亮得像夜晚的星芒。"

我对此有些哭笑不得，毕竟我是个二十好几的汉子，不是一个适合被撩的小姑娘，我无奈地说："虽然我觉得这种形容不太合适，但还是谢谢。"

又有一次我路过的时候，它出来一本正经地站在我面前，弯下笨重的身子用翅膀托住我的手，然后说："您温柔得就像春天的柳絮，我想永远陪伴您。"

这种直男尬撩的语言让我无所适从，而且不只直男，还是小学生水准，虽然声音听起来是真的很舒服，但这种尴尬的语言还是让我浑身不自在。

我抽回了手，想了半天不知道说点什么。我原本是想把话说重一些的，好让它知道它的行为是不合时宜的，但我面对着眼前无辜又显得可怜兮兮的小鸡，还是有点说不出口。我的嘴巴张张合合好几次，最后我叹了口气说："弟弟你多大了啊……"

"啊……我多大？"它拍了拍圆滚滚的肚子，想了半天，"这个问题不太好答，不想对您说谎，但我没法说。"

"没事儿，你照实说。"

它支支吾吾地不开口，还用玩偶服上带的小红鞋搓了搓地。我承认这样很可爱，但我的耐心毕竟有限，一次两次我能哄着它玩，时间长了会让我觉得神经错乱。

我看着它说："不说算了，也不是太重要。我不清楚你究竟是抱着什么心思，但是成熟点，弟弟。"

我说完拍了拍它就走了，走了没几步听见它在我身后小声喊了一句："我……我……我七百六十八岁了！"

我头都没回，觉得这孩子真的有点不正常，实打实的一个中二少年。

那天开始它终于对我没那么殷勤了，虽然我每次路过它还是会对我招招翅膀，但不会冲过来说一些胡话，这么安安静静的样子看起来还有点戳心，让人觉得挺可怜。我毕竟是个温柔的人，所以每次也会对它笑一下或者招个手。

有一天早上它又递了个杯子给我，我刚要拒绝，它低着头说："是热咖啡，不甜，您暖暖手吧。"

我想了想还是接了过来，对它说了声"谢谢"。

咖啡我拎到学校，入口的温度刚好，流进胃里是暖的，所以那晚我回去的时候给它带了个柚子，还早上那杯咖啡的人情。

它抱着柚子有些呆住了，过会儿才开口，声音里都带着惊喜："是送给我的吗？谢谢，谢谢您！"

它真的特别开心，我走了之后又在原地蹦了几下。

我不知道我送它一个柚子怎么能让它开心成这样，我只觉得这小傻子有时候是真的挺有意思。

后来它高高兴兴跟我说，那个柚子特别特别甜。

算起来今天是我认识那只小鸡的第四周了，说陌生已经不陌生了，但要说熟，我又连这个中二少年长什么样都没见过。

上周圣诞节的时候，这只小黄鸡给了我一个巨大的苹果，我现在都能回想起它说话时的语气，没忍住笑了声。

“这个节……这个节大家都吃苹果，也送给您一个，希望您平平安安。当然，您的善良会回报您的，您会一直平安的，那我，那我就希望您开心吧。”

我笑着接受了它的苹果，从兜里掏出了一个橙子递给它，跟它说：“心想事成。”

它似乎是在那个巨大的头套里面吸了吸鼻子，我隐约听到了一声吸鼻涕的声音。

今天是这一年的最后一天，明天就是元旦了。估计那只小黄鸡还是会送我小礼物，我还得提前准备一份回礼。倒没觉得麻烦，身为一个学霸，一年一年平静如水的生活里突然冒出一只神经兮兮的小黄鸡，其实挺好玩。

我在我们学校门口的小店里买了个尖叫鸡，放书包里打算明天过元旦的时候给它。

这天我在学校改论文改得有点久，回家的时候已经八点多了，这个时间点奶茶店应该早就关门了。

但我走到小区门口的时候却很意外地看到那坨小黄鸡坐在店门口台阶上，店门已经关了，天寒地冻的，它这么坐着实在是可怜。

我走过去蹲在它面前问：“怎么没回家啊？”

它抬起头用红嘴对着我。

我又说：“店都关门了你倒是换衣服回家啊，回家还穿着这身？”

今天真是冷，冻得我嘴都不好使了，我想再说点什么，但我嫌冻牙就还是闭上了嘴。

过会儿我听见它从头套里面发出声音来：“我在等您。”

我挑起眉：“等我干什么？有事儿啊？”

它缓慢又笨拙地摘了胳膊上的玩偶服套子，露出里面黄色的毛衣。一只手攥成拳头伸到我面前，在衣服里窝着估计手挺暖的，这么拿出来还冒着白气儿。

它这副装扮因为少了一边翅膀，看起来奇奇怪怪的，但我也没笑话它，因为它看起来那么失落。它说："本来想陪着您跨年的，但是我该走啦。"

我伸出手去，它松开拳头，放在我手上一根彩色的羽毛。那只手真的很暖。

它又说："真的该走啦，能够陪伴您这段时间，我很开心。"

我问它："去哪儿啊？"

它又把胳膊塞进了套子里，回答我说："得回家了，我出来玩儿好久了，我姨夫叫我回去了。"

我帮它把套子穿好，问它："给我的这是什么？"

"是送给您的新年礼物，"它用翅膀尖碰了碰我的手，声音里带着点害羞，"是我的尾毛。"

"……"一时间我不知道这话该怎么接，本来挺悲伤的气氛，结果这孩子又开始说胡话了。

"真的是我的尾毛！新长出来的。"它在地上跺了跺脚，笑了一声接着说，"送给您了。"

"行，谢谢你了。"我其实很无奈，但我愿意配合它，我把那根毛好好地揣进兜里，然后拿出那只尖叫鸡，说，"拿着玩吧。"

"哇，谢谢您。"它接过去，捏了一下，尖叫鸡夸张地喊了一嗓子，它笑起来，又捏了几下。

我问它："你家在哪儿啊？"

它仰起头，用嘴巴对着天空，跟我说："在那里。"

"啊，还挺远。"我已经能够面不改色地接它的话了。

"嗯，很远的。"它答我。

我问："那你怎么走，飞机？动车？"

问完这句我就笑了，发现自己可能也是有病。

它说："不用，都不用的，我自己就回去啦。"

我实在不知道还能问点什么，索性就不再出声了，坐在它旁边的台阶上，我俩也没人出声了，我还在心里想，以后见不着这小疯子估计还挺想的。

零下二十度的晚上这么在外边水泥地上坐着，这种行为真的是发神经。但我只是不忍心看它在这里坐，后来我都能听到自己上下牙打架的声音。

咯哒咯哒咯咯哒咯哒哒哒。

以至于我后来一直觉得自己脑子冻坏了，所以才能听到小疯子说的那些话。

它说："很抱歉不能再多陪您一些日子了，您的恩情我还没有还完就要离开了。"

"嗯？"我一头雾水。

"我这次下来玩儿只有一年的时间，我求了姨夫很长很长时间才能出来的。"

我干脆默不作声听它自己说。

"您是我在这个世界上看到的第一个人呢。"它的声音听起来有些甜甜的，"那天您围着一个鲜红鲜红的围脖，毛线的，特别特别暖和。"

听到这里我脑子里有根神经扯紧了，因为我是真的有那么一条红围脖，但我只戴过一天，是去年冬天回家过节时奶奶给织的，我虽然觉得很土，但不能伤了她的心，就还是戴了一天。

"您把我放在您的围脖下面，真的特别特别暖，比我现在穿的这套大衣服都暖，您的头发上还有一股橘子味儿。"

我身上的汗毛都立起来了，越听越觉得不对劲。

它继续说："那是我下来的第一天，还没彻底睁眼呢就要被放进炉子里烤了，那样我就完蛋了，我就回不去家了。当时我是特别绝望的，我心想我完了，但是没有！您把我托在手上带走了，还把我揣在兜里，还怕我冷把我放在围脖下面！”

它说起话来很兴奋，甚至拍了拍我的胳膊：“让我别怕，还让我好好活着！”

“……”我揣在兜里的手搓了搓它刚送我的那根毛，鸡皮疙瘩起了一片又一片，最后倒像是无所谓了，内心反倒平静了下来。

我竟然波澜不惊地问了一句：“所以……你真的是只鸡？”

“昂，是呢。”它语气里有点小骄傲，“是个小神仙。”

我竟然还能笑出来，问他：“鸡仙？”

“昂。”它用力点了下头。

我脸上的表情一定非常精彩，我的脑袋里是空白的。

去年春节那两天，我跟老爸出去买年货，他使唤我去买烤红薯，我在炉子上见到一盘蛋，里面有一颗蠢蠢欲动正在破壳。

我问老板：“这小鸡活了啊？”

“不可能，”老板说：“寒冬腊月的能活也冻死了。”

“真活了啊，”我给他指了指，“这不动了吗？”

他瞥了一眼，没怎么当回事：“看错了吧，不可能活。再说活了也不耽误吃。”

我懒得跟他废话了，觉得这小鸡生命力这么强要是被烤了还挺可惜。我花五块钱买了这颗蛋，它那会儿已经钻出了头，湿答答的脑袋搭在我手指上，丑得都吓人。

它是真的很努力地想活，因此我对只值五毛钱的蛋老板非卖我五块的事儿也没跟他多费口舌。

我用围脖把它包回了家，给了我奶奶。

她说我有病，花五块钱买个毛蛋。

后来听说小鸡仔真活得挺好，我奶奶还说留着过年杀了吃，只不过后来自己跑了。

我把那根毛塑封起来了，两边压了塑料膜，这样我拿起来看的时候也不担心弄脏弄坏。

我后来去奶茶店问过的，问他们店里那只小鸡去哪儿了。

我对于它那晚说的话其实是信了的，但也不知道为什么还是想去问问。

果不其然，收银的小哥一脸茫然："什么小鸡？"

我说："就是玩偶服是小黄鸡的那个。"

他摇了摇头："我们没有小鸡啊，熊二，大白，小猪班纳，总共就仨，这不全在了吗？"

我张了张嘴，后来还是闭上了，点了点头说："那行，给我一杯咖啡吧，加奶不加糖。"

后来我每次想起来都觉得这个月过得挺荒唐，好像我没有遇见一个中二少年，而是这些本来就是我这个中二少年的奇思妙想。

不过也无所谓。

都挺好的。

倒是我时不时会想起那天晚上它小心翼翼地展开假翅膀抱了抱我，对我说："我下次出来玩儿的时候再来找您。您要……您要开开心心。"

我摸了摸它圆圆的头，笑了下说："好，你也开开心心。"

— 完 —

糖果名称 《队长的坏毛病》

糖果类型 巧克力夹心糖

制作者 @患者阿离

·特别提示·

虐狗，没毛病

甜饼剧场

队长什么都好，就是有个喝醉酒爱咬人的毛病。

前几年刚成军时大家还都是未成年不能喝酒，这个秘密便没有人发现。

之后等到全体都成年，队员们一起去喝了酒，结果醉倒一屋。

第二天参加节目时，基本上所有人的手上胳膊上腿上都被咬了一口，只有喝醉的队长和队里最小的小男生没有牙印。

主持人问时，其他人都想不起来当时发生了什么，队长笑着说：“喝醉之后看别人都像骨头，想磨牙，只有他……”后来的话，队长没有说出口。

粉丝对他们醉酒后的情况十分好奇，于是有电视台想了个策划，直播他们的卧酒谈。

酒过三巡，在角落装了摄像机的房间里哀号一片，队长又开始咬人，有人连头顶都被咬了一口。

眯着眼睛的队长迈过所有人，蹲到角落小男生身边，看着他的眼睛。

队长说：“这个不能吃。”

小男孩轻声问：“为什么？”

队长醉醺醺的，苦恼地盘腿坐下来：“光看着就已经觉得太甜了，吃掉会牙疼。”

队长用手捂住摄像机，脸凑过去：“所以只能悄悄舔一口。”

—完—

第十集 ACTION

曾见星海

朝柯

目标人物

沈酩酊

巨蟹暖男，糖里藏刀，

梦想在海边开店养猫养狗的写手。

微博：@朝小柯

走过你曾走过的路，制造属于我们的回忆

行动预案

我想成为你的星海！

作战宣言

正在搜索…

敌情判断

无法忘记前女友

1

星际飞船仿若汹涌的长河一般奔赴至检查口，一艘接一艘不停歇地通过关卡，进入眼前的这颗蓝色星球。

沈酩酊费尽千辛万苦，在每个星球都擅长卡位的大爷大妈们之中杀出一条血路，挤过了检查口。

“喂！那个人！停下！”

沈酩酊充耳不闻，自顾自地上了自己的飞行船，准备离开。

“喂！说你呢！就是那个正在上飞行船的那个家伙！”

沈酩酊看了一眼周围，放眼望去，身周至少有三四十个正在上飞行船的人。

“那个穿蓝色衣服正在上飞行船的家伙！”

再一次扫视四周，唯有自己一身蓝衣鹤立鸡群。

沈酩酊确定这个声音是在叫自己了，但是他看了半天，始终没有找到声音究竟从哪儿传来。

“下面！”

沈酩酊愕然，微微低头，眼前一个穿着红衣服，矮了自己整整一个头的小姑娘正鼓着腮帮子恶狠狠地盯着他。

“干吗？”沈酩酊没好气地说道，时间就是金钱，金钱就是生命，谁要浪费他的时间，他就和谁玩儿命。

“你的飞船有违禁物品，要下来接受检查。”

沈酩酊吊着白眼，脑子里过一遍自己的物品，没有想到任何违禁物。

自己这种大好青年，怎么可能带违禁物品呢！

“谁理你……小爷要走了。”

沈酩酊甩着大长腿跨上飞行船就要离开。

“你，你！”小姑娘明显是没见过沈酩酊这种流氓架势，被一句话噎得说不出话来，憋了老半天才撂下一句话，“你不交出违禁物品会后悔的！”

“哼，当小爷吓大的？”

飞行船悠然自若地开出了检查口，沈酩酊透过屏幕看着气鼓鼓的小姑娘，并起双指按在太阳穴，潇洒一甩：“拜拜了你！”

通过检查站以后，就直接进入了地球的大气层，眼前的山河逐渐清晰，沈酩酊心里有些激动，终于来到这颗神往已久的星球了。

等等……

忽然他发现有些不对，除了那大好河山之外，视野里似乎还有其他东西，而且随着他穿过大气层，那玩意儿也越来越清晰……

沈酩酊一个激灵。

“晕！这里怎么会有超距激光炮！”

2

佛罗伦萨，浪漫之都，情侣旅游胜地。

而在开启星际航行之后，这里一度登上旅游地排行榜第一，各个星球的居民纷纷奔赴这个美丽浪漫的地方，大量的星际情侣对本地的单身原住民造成了极大的伤害。

所以这里有一个不成文的规定，在佛罗伦萨，你干什么都行，但禁止当街秀恩爱，违者将受到众多单身狗的嫌弃。

“我这是在哪儿啊……”沈酩酊苦着脸，穿着一身破破烂烂的衣服行走在街头，还要承受四周一对又一对情侣的伤害。

沈酩酊万万没想到，迎接自己进入地球的，不是好看的姑娘，而是差点把他轰爆在空中的超距激光炮。

不知道是不是运气好，那激光炮只是轰中了他的飞船尾部，但是他那艘小破船的动力系统依然被轰成了渣，带着滚滚浓烟，沈酩酊迫降在了佛罗伦萨。

屋漏偏逢连夜雨，人生地不熟的沈酩酊本想找地方修飞船，却被小贼偷个精光。

如今他除了一艘开不起来的飞行船，就只有身上这一身衣服。

飞行船飞不起来的第三天，想它……

“哟，这不是沈酩酊吗？”一个幸灾乐祸的声音在沈酩酊身后响起，“怎么？看起来这么惨呀？”

沈酩酊咬牙切齿地回头，望了老半天才反应过来低头，眼前是那熟悉的气鼓鼓的小脸，此时却带着一丝奸笑。

“说！为什么我的飞行船会被打！”

“我不是给你说了么，”小姑娘语重心长地说道，“你肯定会后悔的。”

“你，你！”沈酩酊恨恨不已，却又不可能拿对方怎么样，拂袖转身欲走。

“你不想知道你为什么会违禁吗？”

沈酩酊气不打一处来，转身扯住小姑娘的衣襟：“我告诉你！我的飞船上没有违禁品！我要去星际管理局投诉你！”

顺势看了眼她的胸牌，叶小星，就是你了！

“哼，你说你没违禁，那你敢带我去你的飞船看看吗？我今天就要让你心服口服！”叶见星一挺胸脯，瞪着眼睛说道。

“去就去！怕你啊！”

两人一路去到了郊区，路上少不得针锋相对，沈酩酊在路上又过了一遍自己的物品，确信自己没有带违禁物品，至少在其他星球都没有违禁。

“喏！你自己看！”

沈酩酊拉开自己那已经被烧得焦黑的飞船门，抬手一指，气势汹汹。

叶小星搜了一圈，拿了一块黑乎乎的东西出来：“喏！就是这个！”

沈酩酊愣了一下，破口大骂：“这只是陨石啊！你们没规定不能带陨石进来啊！”

“谁说没规定的？”叶小星从口袋里摸出一本小册子，“自己翻，第二十八页第四条。”

沈酩酊看着手里皱巴巴仿佛在地下埋了好久的册子，犹豫半晌，翻开找到叶小星说的位置。

“星际出入境管理规定，禁止携带境外产物，包括非生命体……”

“看明白了吧？”叶小星洋洋得意地叉着腰。

沈酩酊沉默了一会儿，指了指天上：“可是……这是月球上的陨石啊……你们不是早八百年就已经把月球划分进了你们的边境么……”

飞行船内陷入无言的沉默。

“大哥！我叫你哥！别投诉我！”

“不行！你把我飞船都打成这样了！我必须投诉！”

“我赔钱给你！”

“不行！必须投诉！”

“那你要我做什么？你说什么都可以！”

“嗯？”沈酩酊停下了动作，转头看着正死命拉扯着自己衣服的叶小星，“什么都可以？”

叶小星死命点头。

“行吧。”沈酩酊放松下来，往后一仰，躺在沙发上，“来，给小爷我捶捶腿。”

“你想死啊！”

“投诉。”

“对不起，爷我错了，小的这就给你捶腿！”

人在屋檐下，不得不低头，叶小星却不知道为何，嘴角勾出一抹微笑。

在叶小星充满屈辱的按摩之后，沈酩酊命令她带自己回家。

“为啥要带你回去啊？！”

“废话，你难道想让我住在这种地方？”

叶小星看了眼浓烟四起的飞行船，似乎确实不能够住人。

“行！你有种！”叶小星咬牙切齿，“飞船修好你就给我走！”

3

窗外月华皎洁，屋内灯火通明，平日里冷清的房间里此时正爆发出巨大的响动。

“沈酩酊！你在做什么！”

叶小星万万没想到，自己只是出门买个菜，自家的厨房就惨遭毒手。

沈酩酊讪讪地笑道：“那个……我想试试看自己的手艺嘛……”

“你试个什么？！离开我的厨房！”

“得令！”

沈酩酊趴在沙发上，看着那个小个子的姑娘在厨房里忙忙碌碌的身影，不自觉地笑了笑。

这小丫头……认真起来挺好看的嘛……

沈酩酊看了一会儿，忽然想起了什么，开始在客厅里忙活起来。

“行啦，开饭啦！”

半小时以后，叶小星端着饭菜到了客厅，眼前却是一片漆黑。

“沈酩酊？你人呢？”

叶小星摸索着把饭菜放到了桌子上，摸黑往两边探索过去，双手有些颤抖，其实她很怕黑的，从小就怕，所以她家里一直都亮着灯。

“沈酩酊……王八蛋你在哪儿……”

黑暗中她的声音都有些颤抖，此时窗外月亮正好被黑云盖住，房中伸手不见五指。

正当她想破口大骂时，黑暗中忽然出现了一点光明，仿若无尽草原中的一点火光，又如落入水中的墨汁，刹那间晕染开来，星辰仿若烟花一般四散开来，充盈着这个房间，密集的星辰中，银白色的星光汇聚成银河在其间缓缓流淌。

“怎么样？好看吗？”沈酩酊悄无声息地出现在她身后。

“好、好看……我从没有见过这样的星空……你怎么弄出来的？”叶小星漆黑的眸子里映出那星海，仿若璀璨的宝石。

沈酩酊狡黠地笑着，双眼眯成了一条缝：“喏，就是你说的违禁物品，那块陨石因为某些原因，记录下来了曾经的星海，不过由于星际空间的扭曲，所以如今星海已经不知所踪，我只能搜集这些曾经见证过真正星海的陨石，期望能够有机会找到它。”

叶小星小心翼翼地伸手，指尖轻轻地触到那黑暗中虚幻的星辰，心底深处某个地方轻轻地动了一下。

“呐，开饭啦！”不过看起来沈酩酊对这样的星海已经习以为常，反倒是对叶小星做的饭菜很感兴趣，搓着手兴致勃勃地就开吃。

“嗯！好吃啊！”沈酩酊大为赞叹。

“那当然，本姑娘可是从小做饭长大的！”叶小星一脸得意。

“你做饭？那你爸妈呢？”

“他们……”叶小星神色一下子黯淡了下来，“他们离婚很久了，我从小就和我奶奶一起住，奶奶身体不好，所以家务就基本是我来做。”

沈酩酊一下子说不出话来，他这种没心没肺的家伙很难想象一个小姑娘是怎么样一个人和年迈的奶奶相依为命生活下来的。

“那你奶奶呢？”

“她……去世挺久了……”

唉，我这烂嘴！

沈酩酊想给自己一巴掌，真是哪壶不开提哪壶。

♡ 4 ♡

飞船的破损部分其实不难修，但是有些配件很难买，所以要等上一段时间。

沈酩酊也乐得清闲，在这里住下来以后，每天叶小星出门上班以后就到处闲逛，定点准时回家吃饭，日子潇洒自然。

这天叶小星出门以后，沈酩酊闲得无聊，在家里翻箱倒柜，想要找点好玩儿的东西出来，忽然一张电子卡从柜子里掉了出来。

这个时代身份证已经被抛弃了，取而代之的是电子数据集合的信息卡，一个人所有的信息都在这上面，平时可以分解成数据信息随身携带，很少有像叶小星这样，把卡的信息聚合成卡片放在家里，这样和以前的身份证有啥区别。

“小丫头这上面的照片还挺好看的嘛……”沈酩酊眉眼弯弯，不知道为什么，自己最近看叶小星越看越顺眼，越看越好看。

“生日……六月十八……”沈酩酊微微皱眉，“那不就是今天？”

想了想，沈酩酊拿上叶小星的身份卡就出了门。

黄昏，残阳似血，铺盖在江水之上，如同被打翻的红色染料被冲淡，在江中静静地流淌。

叶小星叼着草根，懒洋洋地躺在草坪上，看着远方的夕阳渐渐沉下，橘红的日光落在她的脸上，显得温暖而澄净。

“嘿嘿，不好意思我来晚啦！”当最后一丝阳光沉入山巅的时候，沈酩酊适时地出现在叶小星身边。

“呐，叫我等这么久，让我来干吗？”叶小星没好气地说道，沈酩酊这家伙在她下班以后就传讯给她，叫她来河边等着。

沈酩酊眨巴着眼睛，笑了笑："当然是有惊喜给你啦。"

说着他从包里摸出两块小石头，放在草地上，此时日色初沉，华灯未起，一切看起来都有些昏沉，然而这两块小石头去闪着晶莹的光。

"退后一点。"沈酩酊拉着叶小星的手往后走了两步，叶小星也没有挣脱他，只是任由他牵着自己往后退，有些好奇地看着他。

"接下来，就是见证奇迹的时刻。"沈酩酊咧嘴一笑，伸手往前轻轻一拂，一片晶莹的光四散开来，如萤火虫在空中飞舞，渐渐地排成了一幅画面。

"这、这是……"叶小星眼中有些湿润，"奶奶？"

叶小星有些失神，缓缓地往前走去，有些颤抖地伸手触碰着眼前的光幕。

沈酩酊识相地往后退去，把这仅有的一点回忆留给她。

这两块石头是沈酩酊之前找到的陨石的残片，他按照信息卡上的记录找到了叶小星以前和奶奶住的地方，那片老房区这么多年居然还没有被拆迁，他花了一下午的时间，才把当年她奶奶残留的影像记录想办法提取出来。

"傻丫头……生日快乐。"

沈酩酊笑笑，叼着草躺在草坪上，温柔的星光落在他身上，仿若天使的眷顾。

♡ 5 ♡

"叶小星！"

沈酩酊气急败坏地从飞船里钻出来。

这是他这几天第四十八次修理飞船了，之所以一直没有修好，就是因为叶小星友好地提出要帮他修理。

这也就导致了他飞船的第二次，第三次，第四次……到第四十八次损坏。

"你到底会不会弄啊！"沈酩酊愤怒地夺下她手里的工具，质疑道。

"我、我……"叶小星低着头，嗫嚅着。

“你知不知道时间对我有多重要！错过这个时间星海就没了！”

沈酩酊很气恼，他这次来地球本来就是为了搜集星海陨石，而搜齐了星海陨石就可以知道星海的去向。

那是他最终的目的地。

沈酩酊拿起工具，继续修理着燃料库。

不知道是哪里出了错，忽然一阵异样的声音响起。

沈酩酊脸色一变，扔下工具就往一旁飞奔，余光看见叶小星还在一旁发呆，咬咬牙冲过去。

“卧倒！”

两人齐齐扑倒在草地上，身后一片漫天的火光四溅。

燃料库炸了。

冲击好一会才消停下去，沈酩酊抹了抹脸上的灰，远处传来警铃声，那是察觉到这边爆炸赶过来的警卫。

他呆呆地坐在地上，看着那艘陪伴他经过无数关卡的飞船，沉默着。

良久，他拾起地上的工具，佝偻着身体往后走去。

叶小星愣了一下，起身急匆匆地跟上去：“别放弃啊，这飞船还能修的！”

沈酩酊停住了，忽然笑笑，低头看着她：“我累了。”

脸上是叶小星从未见过的疲惫。

♡ 6 ♡

是夜，沈酩酊坐在阳台上，仰望着辽阔夜空中的星辰。

“拿去。”叶小星从身后走过来，递给他一个东西。

沈酩酊接过，发现竟然是一块星石。

他惊讶地扔下手中的酒壶：“你怎么会有这块星石？”

“你给我的，你忘了吗？”叶小星没有回头，径直地走向书房。

沈酩酊站在原地，他忽然觉得，自己好像忘了很多东西。

手中的星石与其他星石没有什么区别，只不过那上面刻了一个字。

一个“洛”字。

这是他女朋友曾经送给他的星石。

其实沈酩酊见过星海，那个时候，他站在他女朋友面前，告诉她，自己终有一天，会带着她游遍这个宇宙。

但是很快就出了意外，一次错误的导航，两人误入了扭曲引力磁场，她将沈酩酊推入了唯一的救生舱，自己则是靠在舷窗处微笑着看着他。

在强大的引力作用下，她的微笑一直保存在引力场边界处，但是沈酩酊知道，真正的她早已被撕扯成了粉碎。

沈酩酊低下头用力地捂住自己的脑袋，他觉得有些痛苦，很久没有想这些事情了，思考着，他似乎还忘了什么。

他叫沈酩酊，曾经有一个女朋友，这三年里游遍了银河系的各大星球，最擅长闯关，自己的飞船是曾经的救生舱改造的，他要搜集到能够找到星海的星石，去那里祭奠自己的女朋友。

但是总有一些空白的地方，似乎有个身影在那里——

一直在陪伴他……

那是谁？

7

“你是不是认识我？”沈酩酊拿着那块星石站到了叶小星的面前，“你为什么在佛罗伦萨就知道我的名字？为什么这块星石会在你手上？”

叶小星沉默了一会儿，抬头对视：“是，我认识你。”

“我认识你很久了，你叫沈酩酊，现在二十八岁，你曾经有一个女朋友，你曾经在火星关卡处带着女朋友闯关，那时候你笑得很开心。”

叶小星一张嘴，沈酩酊便觉得有无数的画面在重新流回脑海，仿佛那些失散的数据在重新汇整。

“你在三年前开始一个人流浪，你的目标很明确，就是那些有星石的星球。

“你不喜欢浪费时间，因为星海正在离你远去，你要在你还能追上的时候去见星海，那是你和你女朋友最后的记忆。

“你的飞船是你的救生舱改造的，这也是为什么你每次都会闯关，因为这种飞船是不合格的。

“至于星石。”叶小星看了眼那个“洛”字，眼里有些复杂的神色，“是你有一次在水星关卡被检查出来，那时候你喝醉了，就把这个星石送给我了。”

“我在星际边关待了三年，每一次你走之后，我就会申请调位。

“我查了资料，银河系居住地共三百六十五颗星球，我去过三百颗，因为那些地方有星石，所以这三年来我每次都能在边关处看见你。

“她是你的星海，而我只是一颗星。

“我喜欢你。”

说完，叶小星伸出手轻轻地握住星石，有些冰凉的手掌盖上了沈酩酊的手。

“你的飞船修好了，可以走了。”

留下沈酩酊一个人呆呆地站在原地，他抬头看向窗外，那艘被火烧得千疮百孔的飞船此时完好无损地在楼下停着。

叶小星在关卡处待了那么久，怎么会修不来飞船呢？

8

阳光下，沈酩酊看着被刷成银白色的飞船，手指间夹着一根烟。

他很久不抽烟了，但是他现在觉得很烦躁。

上船，启动，微弱的轰鸣声响起，电流在线路里流淌，一如沈酩酊此时难言的心绪。

到了边关处，他照例进行检查，却发现关卡处换了个人，是一个清秀的小姑娘。

“叶小星呢？”他顾不上正在进行的检查，急促地问道。

“小星她请了假，说是要去星际旅行，刚刚才检查走了。”小姑娘老老实实地说道。

沈酩酊一下子跳上船，直接破关而出。

“哎，先生，你还没检查完呢！”姑娘的声音被他远远地拉在身后。

现在谁还有心思管检查，闯关那么多次，不在乎这一次！

沈酩酊将飞船的速度提到最高，身旁的飞船如同流星一般被他抛在身后。

那个空白的人影处，叶小星的模样在渐渐浮现。

第一年，他游历了银河系外围的所有星球，每一次过关，都是叶小星为他检查。

他第一次闯关，叶小星也是像刚才那个小姑娘一样，被他抛在身后。

第二年，他得知星海在远去的消息，便加快了搜查速度，有一次因为漏了一块星石，他找了家酒馆大醉了一场。

这一次他是老老实实过关，被叶小星检查出来了星石。

当时他看到那块星石又哭又笑，叶小星小心翼翼地问他，如果他不介意，她可以为他保管这块星石。

沈酩酊摆摆手，脸上是难以掩饰的悲伤，告诉她，这星石送她了。

第三年，他终于到了内层的星球，闯关的技术已经很熟练了。

每一次闯关，他都能见到一个小姑娘气鼓鼓的神情，看到这张脸，他就有难以言喻的愉悦。

他想起来了！

他什么都想起来了！

沈酩酊用力地抹了一把脸上的泪水，自己沉浸在自我的世界太久了，从来没有去在意过身边的人。

即使那个姑娘为他跑遍了三百颗星球。

他用力地按下超负荷，飞船化作一颗银色的流星，仿佛要追回过去的时光。

叶小星，等着我！

9

又是一个明媚阳光的夏天，佛罗伦萨迎来了一对情人。

“你下次开飞船慢点好吗？”有些脸色发白的叶小星抱怨道，“老老实实过关不好吗？”

“好啦好啦，我保证下次一定正常过关。”沈酩酊无所谓道，“反正现在也不赶时间见星海了，就慢悠悠地走咯。”

叶小星犹豫了一下，问道：“你不去追寻星海了？”

广场上的鸽子咕咕叫着，椅子上的老人扔出一把食料，惊飞一片。

鸽群掠过天空，层层叠叠的阴影落在沈酩酊身上，仿佛过往的碎片。

叶小星还想说什么，沈酩酊忽然低下头，一阵温暖的感觉从唇上传来，话语在她耳边流转。

“我曾经见过星海。

“但你才是我的星。”

—完—

糖果名称 《读者》

糖果类型 养身红糖

制作者 @温酒

· 特别提示 ·

是糖！真是糖！

➡ 甜饼剧场 ·······

“不给糖，就捣乱！”

望着面前狐狸装扮的少年，作者愣了下，毫不犹豫地关上了门。

“万圣节还有好久吧，现在扮鬼是要干什么？”她撇了撇嘴，“还扮得这么劣质，也不知道先换一条真实点儿的尾巴。”

作者重新坐在键盘前，手指敲下字符：小狐狸艰难地笑了笑，死在少女怀中。

“求求你了，给点儿糖吧。”作者身后传来幽幽的声音。

作者吓得跳起，连退好几步才渐渐站稳。她这才发现刚刚门口的少年此时正站在电脑旁，笑吟吟地看着她。

“你是怎么进来的？”

作者强行冷静下来，偏头看了眼门口——大门死死闭着，没有丝毫缝隙。她又把目光重新投向少年，这才发现少年背后的狐狸尾巴有种说不出的逼真感。

她试探着伸出手，捏了捏少年的狐耳。

热的。

“能不能不要把小狐狸写死？这已经是你笔下死的第七十七只狐妖了。”少年的尾巴一摇一摇，楚楚可怜道，“你有没有考虑过狐妖读者的感受？”

“不行。”尽管惊诧万分，作者还是很快回过神来。她态度十分坚定，道：“剧情发展就是这样，我也没办法。”

少年没想到作者这么不给面子，当下也来了脾气。他往电脑桌前一坐，哼了声道：“那你就别写了！”

时间转瞬即逝。作者很有原则，说好写悲剧，就一定要写悲剧，也正因此，她已经有半个月没更新过了。

这半月来，作者与少年斗智斗勇，终于，少年败下阵来，告辞而去。

房间里突然变得冷清了许多。本应文思泉涌的作者突然感到一阵不习惯，她翻来覆去半天，却是怎么也写不出故事。

作者叹了口气，决定出门散心。

她一路冥思苦想，等注意到横冲而来的货车时，已经来不及躲避。危急时刻，不知从哪儿窜出的小狐狸跃上前来，猛地将她推开，小狐狸却被货车撞了出去，然后消失不见。

作者在医院检查了半天，确定身体没有大碍后，失魂落魄地回了家，在电脑前哭得昏天黑地。

“喂。”少年的声音突然在她身后响起，“早都跟你说了，我们狐妖不会像你笔下写得那么容易死。”

作者惊喜地转身，猛地拥住了少年，直到少年的脸羞得通红。

“喏，糖给你了……”她擦了擦眼泪，蜻蜓点水般地在少年脸颊一吻，轻笑道。

小说恢复了更新，最新一章中，小狐狸和少女幸福地生活在了一起。

“是糖是糖！”读者欣喜若狂，奔走相告。

— 完 —

第十一集 ACTION

竹马知青梅

六盲星

闷骚大胆的水瓶座星人，

擅甜文，乐挖坑。

微博：@六盲星×

目标人物

温知夏

绑定日常，自然而然

行动预案

感受来自学长的关爱与照顾吧！

作战宣言

正在搜索…

敌情判断

假小子，忘性大

♡ 1 ♡

温知夏一直都记得第一次见到林叙怀的情景。

她高三毕业，暑假回乡下老家玩了将近三个月，被温母接回来的时候，裸露在外的皮肤黝黑，原先长至腰际的头发剪到了耳根，刘海被狗啃了似的，丑得要命。

温母见到之后便笑得上气不接下气，捏着她的刘海说：“这是谁家的倒霉孩子。”

温知夏伸手拍下了她的手，以指做梳理了理自己的头发。

那是她第一次尝试给自己剪头发，谁想到剪成了这副鬼样子。

温母笑着领她上楼，一中的家属楼一共五层，老式楼盘没有电梯，只能自己徒步上去。

温知夏家住在五楼，爬完五层楼之后，她在楼道口喘着粗气。

那天的温度将近四十度，家属楼外的树木蓊蓊郁郁的，阳光透过罅隙投下来，落在水泥板上投下斑驳一片，蝉鸣声近在耳侧。

温知夏的脸颊上都是层层的汗，后背已是湿漉漉的一片了，整个人像是刚从水里出来一样。

温母打开门，“咔嚓”一声，紧接着，温知夏听到了从身后传来的一阵开门声，老式木门被人推开，带着沉重的年代感。

温知夏疑惑，对门一直没人住，怎么会有声响？

她想着，便回身看去，入目的是一个十分高大的身影，穿着白色运动衫，头发清爽而又妥帖地垂在耳侧，一双眼睛清冷而又寡淡。

给这难熬的夏意添了几分冷调。

温知夏不自觉地咽了口口水，内心已经在放烟花了。

妈呀，这也太帅了吧……

身后，温母热络地和人打招呼：“是小林呀，准备去打球啦？”

被叫作小林的人唇角微微上扬，勾起一抹笑：“嗯，朋友在下面等。”

他的声线低沉，带着点沙哑，又带着点醇厚之感。

温知夏眨了眨眼，她的内心，为这个声音，按爆了无数盏灯。

林叙怀看向温知夏，疑惑道：“这是……”

温母笑着说：“这是知夏呀，来夏夏，和你小林哥哥问好。”

温知夏乖巧道：“小林哥哥好。”

林叙怀点头：“你好。”

他说完，下意识地摸了摸鼻子，似调侃道：“你的刘海，挺有个性的。”

温知夏：“……”

她伸手，“啪”地一下捂住自己的刘海，脸上的肤色比以往深了不知几个度，却隐隐约约地看到双颊泛红。

她抬头，对上林叙怀似笑非笑的眼神，“唰”地一下，脸更红了。

她无比懊恼，想着这儿怎么就没有洞穴好让她钻进去藏一藏呢。

温母在一旁说道：“说是她自己剪的，这倒霉孩子，把自己的头发给剪成这样。”

温知夏噘着嘴，已经完全地无地自容了，她恹恹地看了她妈一眼，拔腿就往家里跑去。

身后，温母大声说：“先去洗澡，浑身一股味！”

“我身上香着呢！你才一股味！”她在房间里大声反驳，在梳妆台前翻翻找找，找出了剪刀，准备再好好修一下自己头发的时候，对上镜子，看到了自己现在的样子。

皮肤黝黑，刘海奇特，整个人瘦得像根竹竿似的。

啊……

她哀叹了一声，真的是糟糕透了。

♡ 2 ♡

隔天便是开学的日子。

温知夏考上了一中对面的Z大，在温爸温妈的叮嘱下，她一个人背了包就出门准备去学校，正好，对面的门也开了。

今天他穿了一件白T，卡其色的九分裤，脚上踩了一双板鞋。

温知夏从他的上衣到鞋子好好地品味了一番，最后，视线与他相对，她点了点下巴，当作和他打招呼。

身后，温母的声音传来："小林啊，你能不能帮阿姨把夏夏送去报到啊？我和她爸今天要去上班，没时间陪她去学校。"

林叙怀问："是哪个学校？"

"就是你们学校啊，Z大。"

他没有犹豫，说："好。"

温知夏就这样迷迷糊糊地跟着林叙怀走了。

穿过大马路的时候，温知夏感觉手肘处被人抓住，紧接着，整个人落入一个温热的怀里，鼻尖嗅到了一股淡淡的青草香。

她抬头，正对着他的下巴，精致而又干净。

林叙怀低头，眼里颇有无奈："别闯红灯。"

温知夏看了下信号灯，果然……红灯闪烁，她有些不好意思了："其实我是个遵纪守法的好孩子。"

林叙怀轻笑，他收回手，往后退了半步。

围绕在身旁的温热感瞬间消失，温知夏的心里陡然一空。

她抬头看林叙怀，却听到他说："好好看路。"

温知夏“哦”了一下，没多久，绿灯亮起，林叙怀抬腿往对面走，温知夏慢了半步，跟在他的身后。

过了学校大门，温知夏突然想起来：“你是我们学校的呀？”

“嗯。”

“你大几呀？”

林叙怀答非所问：“你是哪个专业的？”

“英语专业。”

他点了下头，左右看看外国语学院的报到处，接着，带着温知夏往那边走去。

新生报到的地方人多，挤得温知夏都快迷了路，找不到林叙怀了。她顺着人流四处张望，仍旧找不到林叙怀的身影，急地连喊他的名字：“林叙怀？林叙怀你在哪儿啊？”

就在她急得不行的时候，不知从哪儿伸出了一只手，抓住她的手腕，温知夏扭头，对上林叙怀带笑的眼眸：“我在呐。”

温知夏舒了一口气：“你别走太快，我跟不上。”

林叙怀笑：“知道了。”

他握着她的手，却是一直没放。

到了报到的地方，温知夏拿着笔填自己的信息。身旁，林叙怀悠闲地站着，温知夏有几处不懂的便问他，他也很有耐心，一一解释。

填好之后，温知夏把东西递过去，面前坐着的人接了过来，抬头看了下她的脸，不经意间视线接触到她身边的人，愣了一下，接着惊讶道：“林叙怀，你怎么在这儿啊？”

林叙怀淡声说：“带她来报到。”

对面的那个女生不明所以：“她是……”

温知夏也一脸莫名，拉了拉林叙怀的衣角：“你们认识呀？”

“还好。”他说，说完，拎着温知夏的衣领往外走。“走了，陪你去寝室。”

温知夏听到身后的人说：“那个不会是林叙怀的女朋友吧？”

“怎么可能？又黑又瘦，像根竹竿似的，林叙怀连李念都没看上，怎么可能看上这么个发育不良的女孩儿？”

“也是。”

温知夏：“……”

她都听到了。

到了寝室之后，林叙怀帮她把床铺都给擦了一遍，比她妈还勤快，搞得她都有点不好意思了，明明她妈就让他带自己过来就行，哪想到他还帮她做了这么多……

温知夏表示：“小林哥哥，待会我请你去吃饭吧？”

林叙怀说：“我下午回系里开会。”

“啊？”她失望道，“要开很久吗？”

“所以，晚上一起吃饭吧。”他说。

温知夏的眼睛陡然亮起，她扑闪着睫毛，问：“真的呀？”

林叙怀说：“没骗你。”

♡ 3 ♡

温知夏的大学生活开始得很顺利，室友关系融洽、校园环境优美、教学氛围浓厚、食堂味道美味，唯一一点美中不足的就是军训。

她的皮肤在暑假的时候晒得乌漆墨黑的，现在又来了军训，更加地……黑上加黑。

有几次林叙怀经过，看到她的样子，都忍不住笑。

回去之后，温知夏给他发短信：“笑笑笑，笑屁笑！”

短信刚发出去，她的室友就问她："夏夏，开学的时候带你来报到的那人是谁呀？你哥吗？"

温知夏说："他住我家对门。"

"哦，青梅竹马。"

温知夏想了想，四舍五入，差不多是吧。

"他好帅呀，他有女朋友吗？"

温知夏说："不知道。"

有人开口："你们不知道吗，我们学院的院花李念追过他。"

"你怎么知道？等等……你认识他吗？"

"我在学校论坛上看到的啊，林叙怀哎！他可是计算机学院的男神帅哥，我能不知道吗？"

温知夏都快蒙了，他是计算机学院的啊。

手指按着键盘："你一直没和我说你大几了，哪个学院的？"

那边回的很快："大三，计算机的。"

"哦。"温知夏想了想问，"你好像很出名的样子。"

"没有。"

冰冷的两个字，温知夏都能想到他现在说话的表情了，没什么表情，耷拉着眼皮，懒洋洋，漫不经心地。

怎么她问错了吗？突然这么冷淡？

她这边还在自我检讨的时候，室友突然叫了她的名字，问她："哎，夏夏，既然你和他是青梅竹马，那你知道他和李念在一起过吗？"

温知夏摇头："我不知道。"

他俩是对"半吊子"的青梅竹马，认识才几天啊……

对方明显很失望："哎，好想知道男神喜欢的是什么类型的啊。"

另一个人说："反正不管是什么类型的，都不是我们这种类型的。"

“那可不一定，说不准，就喜欢我这种类型了呢！”

温知夏：“……”

她想了想，李念学姐是哪种类型的？胸大，腰细，腿长，脸美。

反观自己……骨瘦如柴，皮肤黝黑，头上还留着被狗啃似的刘海。

呵呵，反正她要是男的，绝对不会喜欢自己这款。

两个人抱一起的时候，都分不清前胸和后背了。

4

温知夏的肤色一直到快要寒假的时候才白回来。

其实也挺快的，没花几个月，就从那土里土气的肤色回到了正常白，她的皮肤是比常人都要白一些的，现在恢复回来，倒是多了几分清纯可爱。

而且这段时间林叙怀总带她在外面吃好吃的，她的体重日益上涨，原先只有八十多斤，现在已经直逼一百了。

也不胖，室友说：“现在比以前好看多了你知道吗？夏夏，原来你长得这么好看。”

温知夏无语：“我一直都很好看。”

“……”

“……”

“……”

换来一片沉默。

沉默之后，室友看着温知夏翻箱倒柜地找衣服，疑惑：“夏夏，你要出去吗？”

“嗯对，林叙怀他下午有球赛，我过去看球赛，然后晚上一起回家吃饭。”

“夏夏，我总觉得……”

“什么？”

“你俩像是在同居一样。”室友语气认真。

温知夏摆了摆手：“你想多了，我和他就是单纯的好朋友。”

“不是，你看啊，一个女生去看一个男生打球，这不就是……男女朋友吗？”

温知夏停下手上的动作：“这就是男女朋友吗？”

“这不是吗？”

“这……”

“好吧，就当这个不是。那请问你们每天一起吃饭，晚上一起散步，周末还一起待在图书馆看书，开学的时候，他甚至帮你收拾床铺，夏夏，男神是你家保姆吗？”

“嗯……”

温知夏咽了口口水：“可是我和他认识才没多久啊？”

“你们不是青梅竹马吗？”

“都解释了几百遍了，我要和他是青梅竹马，那我和你就是两小无猜。”

“……”室友顿了下，“那你和他不熟，他为什么要帮你整理床铺？”

温知夏想了想，说：“我妈让他送我过来，他大概理解错了，以为是帮我把所有的事都搞定。”

室友想了想，觉得……好像没错。

于是两个人，便没再纠结。

5

Z大的篮球场常年是没有空位的，温知夏到了地方的时候看到最中央的地方被林叙怀他们占了。她朝林叙怀招了招手，示意他自己来了，林叙怀笑着看向她，对边上的人说了几句话，便小跑过来。

温知夏刚坐下，就感受到面前一片阴影拢了下来。

她抬头："咦，你怎么过来了？不打球了吗？"

林叙怀在她边上坐下，气定神闲道："先陪你坐会儿。"

"我不用陪，你去打就行。"

"好吧，是我需要你陪。"

"……"

温知夏放下手机，面无表情地看着他："说吧，又有哪个女生缠着你了？"

每次他主动叫她过来看她打球，都是一个原因——有女生缠着他。林叙怀这人不喜欢那种暧昧的感情，不喜欢就是不喜欢，但是无论怎么拒绝，好说歹说，那些女生都缠着他，于是他直接把温知夏带过来。

指着看台上的温知夏说："我女朋友在那儿看着呢。"

一开始，温知夏听到那三个字也会脸红一下下，可是时间久了，林叙怀也没什么表示，温知夏想想，也就……只是偶尔想想。

林叙怀语气散漫，随手往下面一指："喏，那个。"

温知夏顺着他的手势看去，看到一个长发飘飘的女生，那人转过来一看，哦，李念。

温知夏语气平淡："那不是李念学姐吗？"

林叙怀看过去，还真是李念。

"哇！我可是一早就听说了，她追你追了很久啦，小林哥哥，你还不答应吗？她可是我们学院的系花加学霸呢！"

说完，头上就被人敲了一下。

"正常点。"

温知夏"哦"了下："她真的好好看啊。"

"就那样吧。"

“哎，你喜欢这种类型的吗？”

“不喜欢。”

“那你喜欢哪种类型的？”

“优秀的。”

“嗯？”

正好下面的人在叫林叙怀的名字，林叙怀伸手揉了揉她的头发：“下去了，在这儿看我打球，知道吗？”

“知道了。”

等他离开之后，温知夏给室友发消息：“林叙怀喜欢的类型是，优秀的，这啥意思？”

“你难道不知道吗……”

“啥？”

“优秀的人，连胸，都是 A。”

温知夏手抖了一下，接着她低头看了看自己的胸……

微信还在响，她抬头一看，室友二：“或许，他说的优秀是李念学姐的优秀？”

室友一：“怎么可能？我觉得是 A。”

“拉倒吧，男神的口味怎么这么重？”

温知夏：“好了别说了，我待会再问。”

6

林叙怀打完球之后，大汗淋漓地跑过来朝温知夏喊：“他们说要一起吃饭，我们先和他们吃饭再回家，好吗？”

温知夏表示没有问题，但是：“我去……是不是不太好？”

“有什么不好的。”林叙怀从她手里接过水，饮了一大口说，“带家属吃饭，再正常不过了。”

温知夏顿了下：“家、家属？”

林叙怀没说话，把水塞到她的怀里，他站在下面，温知夏在看台上，这个角度，温知夏比他还要高半个身子。

“东西都拿齐了吧？”他问。

“嗯，拿齐了。”

话音刚落，温知夏一个腾空，双膝被人搂住，她下意识地双手抱住他的头。林叙怀抱着她，闷声笑：“这么怕？”

“你怎么也不说一句？”

“抱你还需要提前打招呼吗？”

“怎么不需要？我好歹也是黄花大闺女！”

林叙怀把她妥帖地放在地上，笑着揉了揉她的头发：“走吧，黄花大闺女。”

温知夏在他背后瞪了他一眼，紧接着，抱着瓶水小跑着跟在他的身后。

篮球队的人也是见过温知夏、知道她的，晚上点餐吃饭的时候，一堆男生问她要吃什么，说今晚随便吃，反正有她林哥哥在！

温知夏被他们逗得“咯咯”笑，伸手点了几道菜之后，问他们想吃什么。

林叙怀一把接过菜单，点了几道大家常吃的菜之后便去柜台了。

他一离开，几个大男生又逗她。

一会儿问：“你和林叙怀在一起多久了啊？”

一会儿又问：“你们谈恋爱也这样吗，发乎情，止乎礼？”

温知夏被问得晕头转向：“我没和他谈恋爱啊。”

众人纷纷表示不信：“骗谁呐！老林的位置上还放着你的照片呢，这不是谈恋爱？”

“对啊，而且我还没见过老林这么在乎一个人……夏夏，你就别骗我们了！”

“和哥哥们坦诚点。”

温知夏蒙了，她云里雾里的时候，身边的位置上坐下一个人，温知夏扭头，看到了林叙怀，连忙求救般地看他，却没想到他伸手搭在她的肩上，笑意妍妍：“你们别逗她了，小姑娘不禁逗。”

“对啊，你们别逗我了。”

“而且……我还没和她表白，现在叫大嫂，是不是为时尚早？”

温知夏：“？”谁叫“大嫂”了？

林叙怀话里有话，众人纷纷了然，一个个的“大嫂”叫着温知夏。

温知夏还没看过这样的场面，整个人下意识地缩了一下，耳边突然有声音响起，沙哑醇厚：“应啊。”

“啊……哦，你们好。”她反应呆呆的。

林叙怀笑了：“真乖。”

温知夏晕晕乎乎的，一直到吃完晚饭，两个人往家属楼走的时候，夜风吹散酒意，她终于清醒过来，暴叫：“什么大嫂啊？”

“你和我在一起，就是大嫂了啊。”

“嗯？”温知夏瞪大了双眼，“我和你在一起？”

林叙怀：“要不然呢？我这段时间，带你上学、报到、带你吃喝玩乐，每天陪着你，我是闲着没事干吗？”

“可是……你对我一见钟情了？”温知夏万万没想到，她那个鬼样子，竟然还有人对自己一见钟情。

林叙怀否认：“不是。”

“嗯？”

他淡淡地扫了她一眼："你是不是忘了？"

"什么？"

"我们之前见过。"

温知夏震惊了："我们之前见过吗？什么时候？"

"很早很早的时候，那时我们也住对门，我父母在外上班，一整个暑假，我都是一个人待在家里。你嘛，就常常到我家来蹭吃蹭喝，一个暑假之后，胖了十斤。"

温知夏听完之后，脑海里终于有了印象。

"可是……那都是几岁的事了啊……"

"呵呵，你接着找借口。"

"谁让你暑假之后就搬走了，要不然你以为我会不记得你？"

林叙怀难得地沉默了："嗯，我的错。"

温知夏："你这样，搞得我好不好意思。"

"所以呢？"

所以……她想了想，停下脚步，站在林叙怀的面前，借着皎洁月光，她笑弯了眼，那双好看的杏眼里像是镌刻了无数的耀眼光景，浅浅一笑，带来无数的风姿光华。

她踮起脚尖，勾着他的脖子，轻声说："我亲你一下，好不好？"

林叙怀眨了眨眼，他还没表态，就感受到唇上一热。

那人扑进他的怀里，笑着说："原来我们真是青梅竹马。"

— 完 —

糖果名称 《鬼将》

糖果类型 可乐味橡皮糖

制作者 @患者阿离

·特别提示·

当鬼撩你的时候……

甜饼剧场 ·······

在人间游荡的鬼魂们都要在中元节回到大开的鬼门关内。

但总有些留恋人间的鬼会趁机逃脱，不肯回去，阎王便会派出鬼兵将去捉捕那些小鬼。

鬼将前世是在战场上战死的将军，满身血腥不能入轮回，便索性留在了地府做起了鬼将军。

他率领着一队鬼兵将那些逃脱的小鬼搜出来，鬼将让鬼兵先将他们押送回地府，自己去了一个街道。

“出来吧。”鬼将无奈道，“你怎么这么喜欢玩捉迷藏？”

眼睛蒙着黑纱的小军师从街角站起来：“因为从小到大，你每次都能找到我啊。”

鬼将下了马，去握他的手腕牵着走，低声道：“你死的时候，我就没找到你的尸体。”

死状凄惨的小军师说不出话，听到马蹄声跑远赶紧转移话题：“别说啦！你的坐骑跑了！我们怎么回去啊！”

鬼将抓住他乱挥舞的手腕搭在自己肩上，托着他的腿将小军师背了起来。

“我的坐骑跑了，你的可还没跑呢。”

— 完 —

第十二集 ACTION

我就撩你怎么了？

西门八宝

热爱玩火并且试图成为厨师的短篇作者。

微博：@西门八宝

目标人物

宁采臣

官方CP总会有致命吸引力

行动预案

我有酒，快给我美好的回忆！

作战宣言

正在搜索…

敌情判断

对方有社交恐惧症

他叫聂小倩。

聂小倩的聂，聂小倩的小倩，跟众人皆知的那位美女一样，是个被神经病“捆绑 Play”的孤魂野鬼，不过不同的是，他是个男的。

聂小倩蹲在大树底下，数今天从他面前经过的第302只蚂蚁。

最近可能要下雨，这些小东西都凑到了一起，腿脚利落地搬着家，特别无聊，可聂小倩还是看了一整天，因为他比这些蚂蚁还无聊。

入夜之后，天空之上一声炸雷，穿着一身书生布衣的聂小倩仰头看看天，蹭了蹭鼻子，嘀咕说：“又要下雨了，今天晚上估计又没客人了。”

是的，他多多少少还是记得自己的本职工作的——给那个神经病夜叉“拉客”。

这么听起来好像有些不太正经，搞得像是他们在做什么见不得人的生意，其实并没有，聂小倩只是被夜叉胁迫帮他找饭吃罢了。而夜叉的粮食并非人肉，是过路人的记忆。

夜叉喜欢吃甜美的记忆，这就需要聂小倩在外面拐带人回去，再想尽办法套话，让对方说出自己经历过的最美好的回忆。

只不过可惜的是，他这个“聂小倩”没有传说中那个美少女聂小倩那么好的运气，非但找不到有趣又甜蜜的记忆给夜叉吃，而且还遇不到一个宁采臣那样的人当对象，只能每天蹲在树底下，除了数蚂蚁就是看落叶。

他特别想回到自己那个小茅草窝躺着，只是那儿已经被夜叉给霸占了，他能做的就是可怜巴巴地在外面等着。

“我遇见谁会有怎样的对白……我等的人他在多远的未来……嗝！”聂小倩打了一个饿嗝，一脸生无可恋地站起来，打算在下雨之前找个地方躲一躲。

他是鬼，他不怕淋雨，但是身为一个总觉得自己还是个人的鬼，他要活得像那么一回事儿。

当鬼，也是要有仪式感的。

聂小倩小跑着到了一个凉亭，刚进去就下起了大雨。

“下雨天了怎么办……我……”他还没唱完就看见一个跟他穿着同款袍子的年轻人匆匆跑向他，或者说，跑向了他站着躲雨的这个凉亭。

大雨瓢泼，妖风四起，青年的衣裳下摆已经湿透，他跑过来的这画面让聂小倩有些忧愁，不是忧愁即将被人类打破这宁静的夜晚，而是忧愁这个人让他想起了自己的生前。

生前的聂小倩，也是个帅哥。

当然，现在是个帅鬼。

聂小倩对一切唤醒他记忆的人都没有好感，于是，他把目光锁定在了这个年轻人身上，打算用他来给自己“开张”。

不过，“开张”的方式是有讲究的，他不能吓唬这人，也不能威胁这人，因为夜叉要的是甜蜜的记忆，只有这个人把那些甜滋滋的往事从口中讲出并被他收集起来时，才有效。

眼看着青年就要跑进来了，聂小倩却还在抓耳挠腮地想办法。

他很急，因为这一单要是成了，至少今年夜叉能让他睡个好觉了。

“嗨，帅哥。”聂小倩开了口。

刚刚被大雨淋透跑到凉亭躲雨的年轻人有些慌乱地用衣袖擦着脸，他抬头看了一眼聂小倩，点点头说：“你好。”

聂小倩看着他，仔仔细细地打量了一番，心情有点儿好，因为觉得这人没有自己帅。

“我叫聂小倩。”他自我介绍道，“相逢即是缘，不如我们来聊聊天？”

青年莫名其妙地看了他一眼，冷酷无情地说：“我有社交恐惧症，不喜欢跟人聊天。”

聂小倩尴尬一笑，他是绝对不会放过这次机会的。

说好的相逢即是缘，在这个时候让他遇见了这么一个人，一定就是上天给他的礼物，今天不搞定这个小书生，他枉做一次鬼！

“你叫什么名字呢？”聂小倩眨巴着自己的双眼皮大眼睛，尽可能地让自己看起来和蔼可亲一点儿，据说会卖萌的男孩子运气都不会太差。

青年见他不停地靠近自己，惊恐地往后退：“宁……宁采臣。”

“哎哟！这么巧！”聂小倩觉得这已经不仅仅是简单的缘分了，蒲松龄的聂小倩遇见了自己的宁采臣，拥有了纯洁美好的爱情，而他，等了好久终于等到今天，他不要宁采臣的爱情，只要宁采臣的故事。

他用了一招“凌波微步”，再次凑到宁采臣跟前：“我们这是几世修来的缘分啊！”

宁采臣说自己是社恐患者一点儿没夸张，他平时独来独往惯了，最怕的就是跟人相处，尤其是陌生人。

跟陌生人在同一个空间相处会让他窒息到爆炸。

然而现在没办法，要么出去淋雨要么留在这儿颤抖，洁癖跟社恐，二者非要选一项的时候，他真的很绝望。

“你能……别靠我这么近吗？”宁采臣很怕自己精神崩溃做出什么不理智的事情来。

不过好在，聂小倩虽然不是人，但还有点儿“人性”在，他看着脸色惨白的宁采臣，乖乖地后退了几步。

“你真的社恐症啊？”聂小倩担忧地问。

宁采臣扶额点了点头，去一边抱柱子赏雨去了。

聂小倩作为一个心怀鬼胎的鬼，当然不可能让宁采臣这么安安静静地看山看水看风景，他坐到离对方不远的地方，又开始絮叨。

“这位先生，今儿天色已晚，又下着大雨，您打算在哪儿歇脚啊？”聂小倩双手捧脸，持续卖萌。

他在心里狂喊：说！说你没有地方可去！说！说你想在我家里借宿！

然而宁采臣依旧一脸冷漠地说："我打算就在这里休息了。"

"可这荒郊野外的，你不害怕吗？"聂小倩蹭到宁采臣旁边，蹲下来，仰视着对方说："听说这里晚上闹鬼哦！"

宁采臣是谁啊？是全世界最怕鬼的书生！

他一听这话，立刻打起了寒战。

"咦？你害怕了？"聂小倩看准时机，站起来，一把从后面抱住了宁采臣。

宁采臣虎躯一震，猛地推开他，慌张地吼道："你要对我做什么？"

被推得一个趔趄的聂小倩有点儿委屈，他噘着嘴不高兴地说："我没做什么啊！我只是看你打了冷战，以为你冷，想给你暖暖身子！"

话是这么说，但是，聂小倩的拥抱只能让人更冷，毕竟他是个冷冰冰的鬼。

一般来说，没有人可以抗拒美少年的拥抱，尤其是性取向并不是很明确的宁采臣。

所以说，尽管他有社交恐惧症，尽管他并不想跟一个陌生人过于亲近，但是，看着委屈巴巴、一副受了伤模样的聂小倩，宁采臣有点儿心软了。

"那个，对不起。"宁采臣说："我不是故意要推你。"

"你就是故意的！"聂小倩故意蹬鼻子上脸，因为他曾经听说对付男人就得用这招，"你就是故意欺负我！"

很娘，娘得聂小倩自己都要受不了了。

但是显然，宁采臣很吃这一套。

他犹犹豫豫地过来，用手指戳了戳聂小倩的肩膀说："对，对不起。"

"道歉有用的话世界上哪还有那么多情侣要分手？"聂小倩扭捏一下，转过去背对着宁采臣不理他。

夜叉曾经这样告诉聂小倩："撩骚的最高境界就是让对方反过来撩你。"

当然了，夜叉后来还补了一句："说了也没用，反正你这辈子是肯定学不会了。”

但是现在，聂小倩觉得自己马上就要为自己正名了，他可以，他不但可以撩骚，还能达到撩骚的最高境界！

果然，宁采臣见他不理自己，更着急了。

“你别生气了，我刚才真的只是被吓到了。”

“我就那么吓人吗？”聂小倩微微回头，抛媚眼儿似的瞪了宁采臣一眼，“难不成，在你心里，我就是个丑兮兮的人哦？”

“不不不，不是的。”宁采臣急忙解释说：“你可好看了，但是，就是刚才的动作有点儿突然而已。”

“哦？是吗？”聂小倩心生一计，贼笑着转过来说，“那，我要是提前打招呼，你就让我抱咯？”

“啊？啊？啊？”宁采臣瞬间红了脸，尴尬得不知道应该怎么回答。

聂小倩又是一个媚笑，他发现自从自己变成鬼之后，原本钢管直的自己开始变得怪怪的，也可能是吸收了太多的天地灵气，动不动就怪里怪气了。

他说：“我要抱你了哦！”

话音刚落，他就张开双臂抱住了面前目瞪口呆的宁采臣。

“你要是再推开我，我就彻底不理你了！”聂小倩说话的时候还在往宁采臣的耳朵里吹气，他吹得可不是一般的气，这股子凉飕飕的气可以使人产生幻觉，他们这帮小鬼儿经常用这种方式勾引人。

有些女鬼喜欢这样把人勾搭到自己的床上，但聂小倩并没有这样的打算，他太累了，只想赶紧让宁采臣说出自己的故事，然后他带着这些故事回去交给夜叉，美美地睡上一觉。

要知道，鬼也是需要休息的，全年无休的工作生活让他在镜子面前抬不起头来。

宁采臣是个没什么定力的年轻人，眼前这个漂亮男孩一撒娇，他就没辙了，在心底，有个声音说：宁采臣！这么可爱的男孩子你要是都欺负的话你还是人吗？

为了好好做人，宁采臣决定对他百依百顺。

“你放心吧，我不会再推开你了。”宁采臣抱住他说，“天冷，你身上也这么凉，抱紧我好了，给你取取暖。”

有句话说得好：不经意的苏才是最致命的。

宁采臣的这句话让冷了十年的聂小倩瞬间感动到差点儿哭出来，遗憾的是，他们鬼是没有眼泪的。

聂小倩眼看着宁采臣就这么上钩了，便轻声问：“所以，你今晚有地方可去吗？”

宁采臣原本是真的打算就在这个凉亭里过夜，尽管可能会被突然出现的鬼吓死，但现在，他有了别的想法。

“我能问个问题吗？”

“嗯，你问。”

宁采臣得到应允，问道：“你也知道这是荒郊野外，很少有人会来这里，那么你……”

聂小倩又戏精上身，哽咽着说：“我就住在这附近。我很小的时候就没了娘，我爹娶了小媳妇儿就不要我了，不仅如此，后妈还欺负我，弱小、可怜又无助的我只好躲到这里来一个人生活。”

他抬起头，啜泣却没有眼泪地对宁采臣说：“先生要是不嫌弃，今晚可以到我那里留宿，虽然房屋简陋，但至少温暖且避雨。”

宁采臣觉得特别神奇，或许就像聂小倩说的那样，他们之间有着几世修来的缘分，否则为什么患有严重社交恐惧症的他会对第一次见面的聂小倩就产生这种奇异的亲近感。

他诚恳地说：“如果你不介意的话……”

“食物”终于上钩，聂小倩差点儿欢呼出声儿来。

不过他理智尚存，知道一切还没有尘埃落定，不能高兴得太早。

他说：“我倒是不介意啦，先生愿意陪我度过这漫漫长夜，我自然是求之不得，不过，我们第一次见面我就带你回家，这样显得我很轻浮耶。”

听了他的话，宁采臣陷入了沉思。

聂小倩生怕他搞出什么幺蛾子最后到嘴边儿的鸭子再飞走了，赶紧说：“不如这样，你拿点儿什么跟我交换好了，就当是一晚的住宿费。”

宁采臣皱紧了眉头，有些失望地说：“原来，你对我如此纠缠，并非因为我这个人，而是为了……”

“不不不！你当我是什么人啊？”聂小倩又做出一副生气了的样子，用力一跺脚，娇嗔道，“我在你眼里就是那种唯利是图的小人吗？”

宁采臣发现自己根本看不透眼前这个人，却又不由自主地想要靠近他。

聂小倩知道自己刚才吐出的气对宁采臣发挥作用了，现在自己说什么对方都会毫无抵抗力，但他已经玩上了瘾，完全没办法停止“散发魅力”。

“我不是那个意思！”宁采臣已经有些急了。

聂小倩得意地偷笑，然后继续装委屈：“我的意思是，让你用自己的故事来跟我交换，一个甜蜜的故事抵销一晚的住宿费用，没想到，你竟然……”

他做作地擦了擦并不存在的眼泪说：“你太让我失望了！”

宁采臣笑嘻嘻地跟在聂小倩身后进了这个确实非常简陋的房子。

这会儿他已经被人家撩得完全忘了自己是个严重的社交恐惧症加洁癖患者，恨不得直接扑到人家的床上打个滚。

一进屋，聂小倩端了碗水放在桌子上：“这个水不是给你喝的，是放在这里祭拜祖先的，你要对着它讲故事才行。”

那才不是什么祭拜祖先的水，而是用来收集故事的容器。

等会儿宁采臣讲完故事，他把这个交给夜叉，只要对方吃得开心，他就能睡觉了。

跟宁采臣一起睡。

聂小倩看了看自己的单人床，心想：没关系，好兄弟一起睡，搞不好一宿过后，明年的故事都有着落了。

就在宁采臣清了清嗓子准备开始讲故事的时候，门突然开了。

醉醺醺的夜叉闯进来，直接扑在了宁采臣的身上。

“这！这！这！这是谁？”宁采臣一脸惊恐地看向聂小倩。

此时的聂小倩大脑稍微有些当机，与此同时，他感到了来自夜叉的危机感。

夜叉可是闭关修炼过“撩骚八十一式”的，万一宁采臣被他给撩走了，那这一晚上自己岂不是白忙活了？

聂小倩用力一拍桌子说：“鬼啊！救命啊！”

他知道宁采臣怕鬼，所以，如果他先说明夜叉是鬼，那么无论对方怎么撩骚，宁采臣除了害怕不会有任何其他的想法。

但他还是太年轻，而且他也忘了，自己之前对着宁采臣的耳朵吹过气，这妖气不仅能迷惑人心，还能壮人胆。

夜叉虽然叫夜叉，但长得特别帅。

说到底，男人都是看脸的动物，宁采臣之前被聂小倩迷惑，这会儿很快就沉醉于夜叉的美颜中。

醉酒中的夜叉嗅到了人类的味道，他不喜欢吃人，但深知每个人类的身上都有着他最爱的“小甜饼”。

他靠着宁采臣，娇羞一笑，轻抚着对方的脸颊说：“嗨，帅哥，我有酒，你有故事吗？”

聂小倩蹲在凉亭里，一边哀号着一边等着他的下一个“命中注定”之人。

他觉得他跟蒲松龄的聂小倩真是同名不同命，人家跟着宁采臣缠绵之后唱了一首《解脱》，可他却只能蹲在这里唱着跑调的《一笑而过》。

是的，在他使出浑身解数撩骚之后，还是被挨千刀的宁采臣给抛弃了。

现在，那个没良心的家伙应该正和夜叉在他的屋子里笑嘻嘻地讲故事，而那里，没有他的位置，只有他的遗憾……

大雨已经停了，宁采臣却还没有从房子里出来。

聂小倩忧伤地离开凉亭，决定对往事绝口不提。

他又来到之前蹲过的树下，这一次，再没有蚂蚁可以给他数。

寂寞如他，开始望天。

突然，身后传来一个声音。

“呵，原来你在这里。”

聂小倩回头看过去，发现竟然是夜叉。

他有点儿生气，不想理他，像昨晚那种截和的事情已经发生了不止一次，也正因为这样，他迟迟没能拿回自己的房子。

夜叉走到他面前，打了个饱嗝。

“你别碰我。”聂小倩气鼓鼓地打开夜叉搭在他肩膀上的手。

夜叉笑了笑，贴着他坐下，然后似有若无地抚摸着他的手背说：“唉，就知道你会吃醋，可我这么做，也是被逼无奈啊。”

“你有什么无奈的？”聂小倩抽回自己的手，往旁边挪了挪。

夜叉还在笑，声音好听得荡进聂小倩的心里。

他突然搂住聂小倩的肩膀，凑过去趴在对方腿上，眯着勾魂的眼睛说：“你真傻，真的。这么多年了，难道你还不知道我为什么始终不肯放过你吗？”

聂小倩垂眼看他，情不自禁地咽了咽口水。

他突然想起很久以前自己抢了夜叉的肉夹馍，难不成就因为这个，夜叉记恨了他这么久？

这时候，宁采臣突然出现，崩溃大喊道："夜叉！你撩完就跑，算什么男人？"

夜叉瞥了他一眼，笑着说："我算什么男人，小倩最清楚。"

路过的蚂蚁一号跟蚂蚁二号窃窃私语："啧，你看吧，我早就说，瞎撩骚就是在玩火。"

不远处，那三个家伙因为互相吃醋嫉妒大打出手，宁采臣一拳打歪了聂小倩的鼻子。

聂小倩呜咽一声，夜叉一个媚眼抛过去："没事儿，你在我心里是最美……"

话音刚落，一个拳头又落在了夜叉的鼻梁上，宁采臣觉得不解气，还要打，夜叉一口妖气吹出去，宁采臣立即变脸，冲过去抱住了他，求抚摸、求亲亲。

夜叉被他蹭得生无可恋，转向聂小倩求救。

然而，此刻被打得鼻子歪了的聂小倩只想哭，他委屈地看着夜叉，又委屈地看着宁采臣，犹豫了一下，然后转身撒腿就跑，一边跑还一边喊："你自己撩的骚，你就自己解决吧！"

—完—

糖果名称 《众生》

糖果类型 绿箭口香糖

制作者 @温酒

·特别提示·

众生皆可度，撩你没商量

甜饼剧场 ·······

“这……这位公子，我看您印堂发黑，恐怕是沾染了些不好的东西。”小道士瞧着书生，声音微微颤抖。

“不好的东西？”书生一愣，“什么不好的东西？”

“她……”小道士清了清嗓子，斟酌片刻，指着书生身边的少女，严肃道，“是妖。”

书生翻了个白眼，耸了耸肩，笑出声来。他伸手从怀里掏出几文钱，塞到小道士手里，道：“别烦我了。”

“我说真的。”小道士有点生气，心想：面前这人怎么这么不识好歹！

书生学着小道士的样子噘了噘嘴：“我也是说真的。”

小道士目光变得锐利起来，他不知从何处抽出一张道符，将其点燃，大喝一声：“破！”

书生不屑的表情变了，他分明看到，身边原本妖娆的少女的头顶钻出了狐狸的耳朵。书生吓得大叫一声，屁滚尿流地跑远了。

“你到底要干吗？”少女气鼓鼓地瞪了眼小道士，“我只想找个如意郎君而已，又不害人。”

“谁知道你害不害人？”小道士眉头皱得紧紧的，“你又不喜欢他，怎么可能找他做郎君？”

“你怎么知道我不喜欢？只要不是你这种打不还手的懦夫，我都喜欢。”少女怒道，“我求求你不要再缠着我了，感情是交流出来的，你这样坏我的事，我什么都做不了。”

可小道士还是跟着少女。

少女找上了山匪。她其实对山匪没有任何兴趣，只是单纯地想甩脱小道士而已，然而令她颇为意外的是，小道士依旧跟她上了山。

“她是妖。”小道士话音刚落，便被山匪打了一记耳光，红色的指印立刻在他脸颊现了出来。

“快走，不走我就杀了你。”山匪一边说着，一边抽出了腰间的刀。

“师父说，众生皆可度。”小道士目光坚定，“你心中有愚，我不怪你。”

山匪气极而笑，一刀劈了下去。

少女没想到小道士这么死心眼。她咬了咬牙，抬手接住了刀，但在力迫之下，显出了妖形。

“你真是妖！”山匪大吃一惊，向后退了两步，接着回过神来，恶向胆边生，将刀刺向了少女的胸膛。少女一时没能反应过来，眼看着刀刺穿了衣襟。

一道符将山匪打飞出去。

山匪艰难地爬起身来，双眼通红。他大吼一声，山寨瞬间沸腾了起来。

数十个拎刀山匪冲上来，都被小道士激发的符咒打飞出去，直到无人站立，小道士才停下了手上的动作，气喘吁吁。

“对不起，我又搞砸了你的事情。”小道士望了眼少女身上被刀刺出的伤口道，“我不会再缠着你了。”

他转身，向山下而行。

“喂，你说众生皆可度，是不是真的？”少女在他身后喊道。

小道士一怔，下意识停了脚步，点了点头。

“那你度我好不好呀？”

— 完 —

第十三集 ACTION

黑猫的尾巴

长生君

喜欢毛茸茸，喜欢甜甜甜，

希望写的故事也暖暖甜甜～

微博：@长生君-喵

目标人物

黑猫

我真的只是想摸摸它！

作战宣言

怒刷存在感，没我不习惯

行动预案

正在搜索…

敌情判断

它是一只猫，有点小代沟

♡ 1 ♡

小姑娘喜欢上了一只黑猫。

那只黑猫常出现在学校一栋教学楼的窗台上，小姑娘的座位正好能看到那个窗台。

大约是学校里下课的时候太吵了，黑猫总是在上课的时候才出现。

小姑娘有一次在课上走神了，无意识地往窗外一看，就看到了它。

黑猫背对着她，蹲坐在窗台上，阳光下一身毛皮闪闪发亮。它头顶的小耳朵时不时会抖一下，尾巴垂在窗台外，轻轻地晃。

小姑娘的心，就被这一晃一晃的猫尾巴，给晃走了。

她好想摸一摸它呀。

♡ 2 ♡

黑猫喜欢在早晨阳光洒在那个窗台的时候蹲在那里晒太阳。

小姑娘虽然知道上课走神不好，但上第一节课的时候，总忍不住要偷偷地朝那个窗台看一眼。

如果看到了黑猫，她能开心一整天。

但黑猫也不是总会出现的，像今天是阴天，窗台那里没了阳光，它就不来了。

想到今天可能一整天都看不到它了，小姑娘心里也变成了阴天。

小姑娘忍不住想，不晒太阳的时候，它会在哪里呀？是不是躲在窝里睡懒觉？

小姑娘想象着黑猫团成一团，睡得正香的样子，又忍不住笑了起来。

如果是这样，那也很好呀。

♡ 3 ♡

今天是个大晴天，小姑娘上学的时候都是连蹦带跳的。

第一节课的时候，她偷偷地朝那个窗台望了过去。

漂亮的大黑猫就蹲坐在那里，只是这次不是背对着她，而是正面。

它的正面比小姑娘想象中的还要好看，威风得像一只小豹子。

小姑娘在心里小小地惊呼了一声：呀，它的眼睛是金色！

有金色眼睛的大黑猫好像也看见了她，脑袋歪了歪。

小姑娘感觉很雀跃，它在看我！

黑猫并没有看她很久，收回目光以后，就抬起爪子慢慢地舔了起来，然后用舔湿了的爪子蹭蹭脸颊。

一下又一下，它很认真地打理着自己。

小姑娘看得入了神，觉得它好可爱。

♡ 4 ♡

但黑猫在注意到小姑娘总看着它的时候，忽然就停下了动作。

它看了看小姑娘，然后轻巧地跳下了窗台，落进楼道里，消失不见了。

小姑娘有瞬间的失望，但很快又高兴了起来。

今天已经见过面了呀，还发现它的眼睛是金色的呢。

这一整天，小姑娘都过得很开心。

回去以后，她开心地和妈妈说起那只黑猫，说起它金色的眼睛，说起它总是垂在窗台外轻轻晃的尾巴。

妈妈揉了揉小姑娘的脑袋，包容又宠爱地提醒说：“不要一直走神哦。”

小姑娘有些不好意思，在妈妈手心蹭了蹭："我每天就看一次。"

虽然今天稍微多看了一会，但是它马上就走了呀……

♡ 5 ♡

今天是个大雨天，小姑娘心里也在下雨。

它肯定不来了。

小姑娘放下书包以后就趴在了课桌上，有些打不起精神来。

为什么要下雨啊？都是晴天不好吗？

第一节课的时候，她蔫蔫地往那个窗台看了一眼，隔着雨幕，视线有些不清楚。

但她眯着眼睛仔细看的时候，却看到稍微被打开一点透气的窗户那里，有什么东西轻轻在晃。

那是柔软而灵活的猫尾巴，黑色的，一看就知道是谁在那里。

小姑娘顿时满心欢喜，它来了呀！

虽然被雨水打湿了的玻璃，只能让她看到一个模糊的影子，但她还是好开心。

下雨也没什么不好的，只要它愿意出现，那她心里的天，就会晴朗起来。

♡ 6 ♡

从那天起，小姑娘就觉得自己好像跟黑猫约好了，每天都要见一样。

第一节课的铃声响起，黑猫就会跳上窗台，小姑娘就会趁着这个时候好好地看一看它。

虽然舍不得，但她还是会强迫自己收回目光，好好听课。

因为她也跟妈妈约好了，不能总是走神。

而且呀，它好像也知道她不能一直看着它一样，一旦她总是看，它就要走了。

小姑娘知道这样的想法要是让别人知道了可能会笑话她。

但她就是有这种感觉呀。

像现在这样，她上着课，它晒着太阳，就很好啦。

只要她知道它在那里，就很好啦。

♡ 7 ♡

第一节课的上课铃响了。

黑猫准时地跳上窗台，背朝阳光蹲坐好了，尾巴就垂在那里轻轻地晃。

太阳晒在它背上，暖洋洋的。

它低头舔舔爪子，想着时间应该差不多了，就偷偷转过来，想要看一看它的小姑娘。

小姑娘脸圆乎乎的，绑着两个小辫子，想问题的时候会用手握成拳抵着脸颊，肉乎乎的小脸就会皱到一起去。

如果想出来答案了，她就会开心得摇头晃脑的，两个小辫子也会跟着晃。

每到这个时候，黑猫都会觉得爪子痒痒的，想要碰一碰看看。

♡ 8 ♡

黑猫以前也不是固定在那个窗台上晒太阳的。

猫嘛，只要能不被打扰地晒到太阳，其实在哪里都无所谓。

但是它发现了小姑娘总是在偷偷看它，它对她歪歪脑袋，她都能笑得特别开心。

只是总看着它可不好啊，黑猫知道人类的幼崽都是要学习很多东西的。
所以每次发现小姑娘看的时间有些久了，黑猫就会离开。
这天下了大雨，黑猫仰头看着被关得只留了一点透气缝隙的窗户。
雨丝从那道缝隙里飘进来，将窗台和地面都打湿了一片。
犹豫了一会，黑猫还是跳了上去，爪子踩在雨水上，凉凉的，很不舒服。

♡ 9 ♡

它把脑袋凑到了窗户那里，模糊地看到小姑娘趴在桌子上，雨水打在它脸上，湿乎乎的，很凉。

它想把窗户挤开一点，但窗户太重了。

想了想，黑猫转过去，将尾巴从缝隙伸了出去，慢慢地晃了晃。

上课铃响了起来，黑猫努力把毛茸茸的脸贴在窗户玻璃上，想要看看它的小姑娘有没有看到它。

也不知道过去了多久，下课铃都快要响了，黑猫才跳下了窗台。

毛茸茸的尾巴湿答答地滴着水，黑猫蹲在原地舔了好一会儿，才终于觉得好受了点。

它想，这么长时间，应该是看到了吧?

要是没看到，它以后就不来了。

哼。

♡ 10 ♡

铃声响起的时候，黑猫跳上了窗台，今天终于是个好天气。
黑猫抖了抖尾巴，它只是晒太阳而已，才不是因为怕有人看不到它会哭鼻子呢。

它跟往常一样，背对着太阳，尾巴垂在窗台外轻轻地晃。

过了一会儿，觉得小姑娘应该是看完了以后，它才偷偷转过来看她。

小姑娘好像特别地开心，举手回答问题的时候都快要蹦起来了。

黑猫想，一定是因为看到了它。

这么想着，它尾巴摆动的幅度更大了，连带着耳朵都抖了抖。

♡ 11 ♡

小姑娘今天没有来学校。

黑猫蹲在窗台那里看了很久，今天其他人类的幼崽都来了，她为什么不来?

黑猫本来晃着的尾巴不动了，只有尾巴尖颤了颤。

黑猫跳下了窗台，慢慢地走远了。

第二天，跳上窗台之前，黑猫犹豫了一下，然后才跳了上去。

小姑娘的位置还是空的，仍旧没有来。

黑猫烦躁地摆动着尾巴，力道大得打在窗台上，发出“啪啪”的声响。

她要是再不来，以后它也不来了。

晒太阳的话，哪里都可以。

♡ 12 ♡

第三天，黑猫跳下窗台的时候气呼呼的，决定以后再也不来这个窗台了。

但一路走着，它脚步却是越来越慢了。

猫的幼崽也要学习怎么捕猎，所以学习是很重要的事情。

那她为什么不来了？

黑猫蹲在原地想了很久，最后奔下了楼。

穿过两栋楼之间的树丛，它借着旁边大树的树干，跳进了那个常开着的窗户，落在小姑娘的课桌上。

整个教室里的人类幼崽都因为它的出现发出了惊呼的声音。

但黑猫只是低头迅速地嗅闻着，想要把那已经很稀薄了的味道记得更深一点。

就像出现时候的突然一样，黑猫跳出窗台，顺着树干往下，跑向了曾经看到过的，小姑娘离开学校的方向。

♡ 13 ♡

小姑娘生病了，整个人蔫蔫地躺在床上。

妈妈轻轻地摸摸她的额头，小姑娘也没力气在她手心蹭一蹭。

小姑娘哑着嗓子，小声说："猫咪看不到我，要着急了，我们约好了的。"

很幼稚的话惹来妈妈爱怜的轻笑："那你要快点好起来。"

小姑娘噘着嘴，她也好想快点好起来呀。

她闭上眼睛，渐渐沉入梦乡，梦里有一只威风好看的大黑猫。

黑猫的尾巴，轻轻地晃。

♡ 14 ♡

黑猫跳上了小姑娘的窗台，看到她脸红红地躺在床上，眉头皱着好像不舒服的样子。

窗户被关紧了，黑猫伸出爪子，在光滑的玻璃上挠了挠，终于面对现实。

它跳下窗台，绕着房子看了一圈，才从开着的厨房窗户那里进了屋。

一路轻嗅着味道，黑猫小心地溜进了小姑娘的房间。

它跳上床头柜，低头看睡得正熟的小姑娘，前爪轻轻地踩了踩，喉咙里不由自主地发出了满足的呼噜声，尾巴也轻轻地晃。

等你醒了，我就勉为其难地，让你摸一摸好了。

♡ 15 ♡

小姑娘养了一只黑猫，很大很威风，眼睛是金色的。

会每天送她去学校，会站在教学楼的窗口上晒太阳，会用柔软的尾巴尖轻轻碰她。

她好喜欢它。

—完—

糖果名称 《小兔子的愿望》

糖果类型 大白兔奶糖

制作者 @患者阿离

· 特别提示 ·

撩这项技能最好还是从小培养

甜饼剧场 · · · · · ·

她天生肉脸蛋，吃东西时脸蛋一鼓一鼓的，很像吃青菜的小兔子，爸爸妈妈便给她起了个外号叫“小兔子”。

邻居家的哥哥和自己的父亲一起生活，从小就喜欢揉她的脸，每次遇见时都要顺手捏一把：“让哥哥看看是谁这么可爱？”

她就会奶声奶气地回答：“是爸爸妈妈的小兔子！”

待长成人后，身体抽条变得清瘦，脸却还带着婴儿肥。年岁渐长，虽然两个人关系还是很好，但邻居家哥哥再也不会上来揉她的脸。

再后来父亲出轨，毅然决然地抛下她们母女出走，她一个人喝醉不敢回家，坐在家门口抱着膝盖哭。

邻居家哥哥将手里的公文包放下，伸手来抱她，捧着她的脸：“让哥哥看看是谁这么可怜？”

她抓着邻居哥哥的衣角：“我没有爸爸了……”

邻居家的哥哥揉揉她的肉脸蛋，忍不住隐晦地告白：“如果不嫌弃的话，你可以拥有另一个爸爸。”

“不要！”小兔子似乎受了极大惊吓，用力摇头。

以为自己告白被拒，邻居哥哥只好退而求其次，失落道：“那还是做你哥……”

小兔子脑子一团糨糊，带着哭腔：“我想当你女朋友，你却想当我爸爸？！”

—完—

第十四集 ACTION

魔王吻醒公主之后

灰小悟

一个梦想混吃等死，自力更生的年轻人。

知乎：@灰小悟

目标人物

公主

变成白马王子

行动预案

我是好人哦！

作战宣言

正在搜索...

敌情判断

不喜欢魔王

1

魔王把公主吻醒之后……

等下，好像有哪里不对?

“没有没有。”魔王解释道，“说出来你可能不信，其实我……是个好人?”

“哇!”公主委屈地哭出了声，“父王跟我说，只要我在这睡两天，我就会有白马王子的!他骗人!”

“白马?有有有!特产骷髅马，包白包拉风!”

“可你是魔王，又不是王子!”公主继续挑剔。

“魔王登基前不都是王子嘛!”魔王继续劝导。

公主撇撇嘴，上下打量:“角!收掉!”

魔王收掉了魔角。

“翅膀!收掉!”

魔王藏起了魔翼。

“还有脸上的文身!”

“是魔纹……”

“不管!”

“好好好…”魔王忙不迭地应声，隐去了脸上的魔纹。

公主前后转转，左右看看，直看到魔王涨红着脸，再也挑不出毛病来，这才满意地点点脑袋:“这才像个王子嘛!”

“那之前像什么?”

“杀马特!非主流!黑社会!”

魔王的脸垮下来:“这么磕碜的吗……”

公主歪过头，噘起嘴，侧过眼:“还有点像……”

“像什么？”

“才不告诉你！”公主一蹦一跳地往外走，“咯咯”笑得像个百灵鸟一样。她突然转过身，双手放在嘴前握成喇叭状，对还留在原地傻乐的魔王大喊：“还不快过来，跟我去拜见父王！”

♡ 2 ♡

公主人还没到王宫，她带着白马王子归来的消息就已经传遍了整个王都。

王后火急火燎地找到二王子：“怎么回事，怎么回事？不是让你给她送去魔王的城堡了吗？难道人家压根就是吃素的不好这一口？你姐姐带着王子回来了！你这不成器的东西还怎么继承王位？”

不成器的二王子欲哭无泪：“我能怎么办啊？我也很无奈啊！一定是外包的女巫出了大问题！难怪她一直强调没有售后服务，我现在就让人找她去！”

王后白了他一眼：“你姐姐都到门口了，等你找来人，黄花菜都凉了！哼，不成器的东西，一点小事情都办不好！还是我亲自出马，去试试她和带回来那小白脸是什么货色。”

公主蹦蹦跳跳地牵着魔王，魔王慢慢悠悠地牵着白马。白马很不满意这一身伪装，连喷个响鼻都得小心翼翼地收着火，免得吓到路旁的侍卫。

公主远远望见了王后和她那不成器的弟弟，用力把魔王拉到跟前来：“看见那两人了吗？”

魔王瞟一眼：“你妈你弟？”

公主纠正道：“后妈后弟！”

魔王凑到她耳边：“争家产呐，要帮忙吗？”

公主拍拍他脑袋：“本公主英明神武，小魔王瞧好就行。”

王后带着不成器的二王子迎上了魔王和公主。她站在长阶上，冲着下面的公主喊："哎呀，我的公主！我还担心着你在那儿会不会着凉，正想着要不要给你送床被子去呢！"

公主大度地摆摆小手："用不上，用不上，女巫的魔法别的不行，就是睡得香，不着凉。"

不成器地二王子惊喜道："诶？效果这么好的吗？那下次我也……"话还没说完就被王后堵住了嘴。

王后尴尬地笑了两声，仿佛不经意才看见了站在公主身旁的魔王："呀，这是哪家的王子啊？还不赶紧和母后介绍一下。"

公主一把拉过魔王："说出来你们可能不信，他是好人国的王子，简称'是个好人'。"

魔王眉头一皱："等下，我怎么觉得我被'发卡'了？"

公主气势汹汹："怎么，你是不是觉得有哪里不对？！"

魔王双手一摊："不敢不敢，当然是选择原谅你啦。"

不成器的二王子凑到王后耳边问："母后啊，好人国是在哪儿啊？怎么从来没听过？"

王后狠狠敲下他额头："不成器的东西，你还真信啊？"

魔王冲母子二人伸手："岳母小舅子好呀。说出来你们可能不信，我是好人国的王子，叫'是个好人'。这是我的王印，二位请看。"

不成器的二王子一边应声一边接过来，和王后一起小声嘀咕："这王印是不是不太对啊？母后你看着上面，这角，这翅膀，这纹路，咋看咋不像好东西。"

王后摩挲着王印，狠狠瞪了他一眼："不成器的东西，你看这精美的设计，这巧妙的纹路，这细腻的手感，哪可能还有假啊！自己见识短就好好认着，人一看就是个大国的王子，说不定以后还能继承王位呢！"

公主悄悄在魔王腰上狠掐了一把："你叫谁'岳母'呢？啊？！你叫谁'小舅子'呢？啊？！"

魔王"嘶嘶"地抽着凉气，死不悔改："家暴了家暴了，岳母大人快管管，小舅子快来帮帮忙。"

王后偷摸着把王印收进袖子，拉住了正欲上前帮忙的不成器的二皇子，面容和蔼："哎呀我们家小公主就是这样的性子，从小就没个女孩样，这不前两年还吵吵着要领兵讨伐魔王呢！我和她父王劝了半天才给劝下来。"

魔王侧过头，附在公主耳边："哟，没想到啊，你以前还想过要讨伐你老公？"

公主涨红着脸，朝着他靴子就是一脚："那个时候你还不是我老公呢！"

魔王一脸奸计得逞的得意，"啧啧"地笑着："那什么时候开始是的呀？"

公主脸上烧得更加厉害，她一把将魔王拉到身后，不再看他。公主揉了把脸，呼呼吐出两口气，冲着王后喊："快闭嘴！快闭嘴！不许再揭我短了！我现在就要见父王！"

不成器的二王子正要给公主指路，被王后恨铁不成钢地一脚踹开："你才刚回来，风尘仆仆的怎么能直接去呢？你也知道你父王最近身体抱恙，正在休养，万一再给你传染上什么病，那可连女巫都没办法医治了！"

公主一只手牵着魔王，一只手指着王后："哪里是父王身体不好，分明是你指使女巫给他下了咒！父王让我去找白马王子，就是要我带人回来救他的！虽然你极力阻挠，但毕竟本公主英明神武，还是成功把救星给带了回来！"

魔王善意提醒："那啥，人们一般管我叫灾星……"

公主恼羞成怒："那我要你何用！"

魔王见状，拍拍胸脯："包治百咒，药到咒除。这么说起来你不是亲身体验过吗？"

公主皱皱鼻头，伸出舌头就是一个鬼脸。

不成器的二王子“咕噜咕噜”滚回来，凑到王后耳边嘀咕两声。王后听罢，立马露出了后妈专属的恶毒微笑：“底下的恩爱狗给我听着，你们已经被我、我儿子还有售后服务堪忧的女巫包围了，赶快束手就擒！投降的话还能睡到个安稳些的地方！否则就统统给我扔进魔王的城堡去！”话音刚落，女巫骑着扫把飞到了战场：“谁在这说我售后服务堪忧呢？！本女巫明明收费合理童叟无欺！”

公主抬头看着飞来的女巫，星星眼道：“哇！好大的乌鸦啊！你看你看！女巫真的会飞诶！”

魔王不屑地斜过脑袋：“骑个扫把也能叫会飞？要不是你不许，我早抱你飞过来了。”

公主闻言小声嘀咕：“人家这不是怕男女授受不亲……”

不成器的二皇子实在看不过去这对旁若无人的小情侣，强行转移话题，冲天上大喊：“喂！你明明答应会把她放进魔王的城堡，怎么回事？那个小白脸是怎么把她带出来的！”

女巫低头一看，奇了怪了！自己亲手施了咒、送进魔王寝宫的公主正活蹦乱跳地和白马王子打情骂俏呢。女巫居高临下，冲着魔王大声问：“嘿！小白脸，你是怎么把她带出魔王城堡的？”

魔王头也不抬，耸耸肩膀：“就这么带出来的啊。”

“门口的巨龙咋办的？！院里的骷髅马咋办的？！”女巫气急败坏地追问，手里一个大火球搓好了，随时准备往下砸。

“想知道啊？”魔王冲公主一笑，示意轮到他出场了。公主噘着嘴，“哼哼唧唧”地往后退了一步，紧紧靠在了魔王身上。

“我这就告诉你。”

魔王轻轻吹了声口哨，白马一声长嘶，熊熊烈焰燃烧起来，皮毛纷纷落下，现出骷髅马又白又拉风的原形。

魔王轻轻弹了个响指，王后袖子里的王印开始发烫，转瞬间飞出一团黑影，在空中舒展开身体，发出一声惊天动地的咆哮。

魔王脸上的魔纹浮现，双翼展开，魔角高高耸立，张手把公主揽进了怀里。王后和不成器的二王子瘫在地上瑟瑟发抖，女巫见此情景，吓得把扫把和火球都丢下，化成了一颗长长的流星逃走。

魔王低头问公主："贼人伏首，王国得救。所以，你到底什么时候带我去拜见岳父大人呢？亲爱的公主殿下。"

公主脸上红彤彤的，也不知是羞的，还是被火光给映的。

她思前想后，抿抿嘴，凑上去亲了一口。

"那就，现在吧。"

♡ 3 ♡

"其实有个问题我一直想知道，女巫的咒术一定要接吻才能解除吗？"

"当然不是，那种低级的咒术我随随便便一挥手就能给他解了。"

"嗯？所以你当初为什么会吻醒我呢？反思一下？"

"啊？！哈哈哈……"

"那当然是因为……喜欢你呀！"

说罢，魔王又亲上了公主。

—完—

糖果名称 《众生》

糖果类型 温暖咖啡糖

制作者 @温酒

· 特别提示 ·

如果有个人那么宠你，就嫁了吧

→ 甜饼剧场 ········

“孩子，我看你骨骼清奇……哎哎哎你别走。”

眼看着第五次拦住男人的尝试即将以其愈走愈远告终，老头望着男人的背影，不禁怒火攻心

“站住！”老头怒吼。

男人停住脚步，转过身来，无奈地摊了摊手：“我不需要任何产品。”

“你就真的没有一点儿记忆了？”老头一脸的难以置信，“不应该呀，正常情况下，十六岁就应该觉醒了。”

男人摇了摇头，端着一副看白痴的神色。

“哎呀，总之，我跟你讲，你前世是天上的大罗金仙，因爱上了一只小妖被贬落凡间。”老头换成一副严肃的表情，“如今群妖横行……”

“群妖？哪儿呢？”男人打断了老头的话，“我看社会挺安定的。”

老头愣了下，看了眼周围来来往往的人群，又看了下手里的诏书，尴尬道：“这上面是这么写的……”

男人翻了翻白眼，作转身势。

“你能不能有点同情心！”老头怒道，“是真的有妖，群妖我不知道，但最起码有一个法力高强的妖怪，为了从她手里救你，我都受了不小的伤。”

“伤哪了？”男人问。

老头咬了咬牙，没说话。他不忿地望着男人走远，叹了口气，准备离开时，肩膀却突然被人拍了一下。

“他不想当什么神仙。”少女笑嘻嘻地拦住老头道，“我再警告你最后一次，不要再来找他，否则……”

“你敢！”老头瞪圆了眼睛，“他想不想当神仙，不是你说了算的！”

少女打了一个响指，火苗凭空出现并转着圈儿，窜到老头背后，在其屁股上炸开。

老头大惊失色，一边叫着“女侠饶命”，一边狂奔而去。少女哼了一声，

扭头看了圈周围，隐藏在四周的小妖都不自禁地打着冷战。

男人回到家，白色的小猫窜到他身边，蹭了蹭他的裤腿。

“别折腾那老头了。”男人突然笑道。

小猫愣了下。

“当神仙不如留在凡间。”

—完—

第十五集 ACTION

有了特助后的日子

陌帅

又宅又腐的佛系美少女，

脑洞大如盆。

微博：@陌帅_

目标人物

温楼

用钱聘他给我当一辈子小弟

行动预案

我可是霸道总裁！

作战宣言

正在搜索…

敌情判断

聪明、细心，无可挑剔

1

“咚咚咚……”

“请进。”

“顾总，您的咖啡。”

一个身形挺拔稳重俊朗的男人端着咖啡走进来。

顾总裁转着手中的笔，看了眼冒着白气的咖啡杯。

“之前温杯了？”

“是的。”

“咖啡豆是蓝山的？”

“是的。”

“手工研磨的？”

“是的。”

“咖啡粉12g？”

“是的。”

“水温88℃？”

特助微微愣了一下，沉声答：“水温是85℃，我按照顾总平日的喜好弄的。”

顾总裁可惜地咂嘴，捧着脸促狭地笑：“以前是以前，今天我突然想试试88℃的热水了，难道是我刚才没有说清楚？哎哟，是我糊涂了。”

话虽这么说，可眼里一点歉意都没有。

对于上司时不时的刁难，特助先生早就习以为常，没有怨言地拿起刚刚泡好的咖啡，礼数周全地说：“不怪总裁，是我的疏忽，我再重新给您泡一杯。”

藏在办公桌下的长腿得意地抖，顾总裁眨巴眨巴眼：“那就有劳你了，温特助。”

一字一顿，语调带勾。

♡ 2 ♡

顾总裁绝非是刻薄刁钻的人，但对上温特助就另当别论了。

两人的渊源要从高中时期说起。

那个时候，班上总会有一位品学兼优各个方面都出色的第一名，以及同样出色唯独比第一名稍逊一丢丢的第二名。

不用怀疑，温特助就是那个大写的榜首，而顾总裁就是那个小写的万年老二。

没有人喜欢被压一头，尤其这一压还是三年，顾总裁自然心气不顺。

好在，风水轮流转。

第一名还是逃不过要给万年老二打工的命。

当顾总裁得知死对头要给自己当助理的那一刻，整个天空都明亮了。

天上掉馅饼，这么好的机会要是不抓住，顾总裁自己都不会原谅自己。

一想到温特助低眉顺眼当牛做马的日子，顾总裁叉着腰“呵呵呵”地笑，并再一次感谢爹妈把他生成富二代。

♡ 3 ♡

下午三点。

顾总裁终于看完了文件，揉揉眼睛伸伸懒腰，跷着二郎腿百无聊赖地拨通内线电话。

“总裁，有什么吩咐？”

男性低沉的声音比大提琴声还要优雅悦耳。

顾总裁遮住嘴打了个哈欠：“温特助，我有些饿了，准备点下午茶呗。”

“好的，您稍等。”说完，放下手头的工作，起身去茶水间准备。

“温特助，总裁又开始折腾你了？”旁边的女秘书同情地看了他一眼。

温特助性子偏冷，一张俊脸少有表情。他不置可否，淡淡地说：“总裁想吃甜点了。”

女秘书叹了一口气，小声嘀咕：“其实这些事根本不在你的工作范围内啊，你是特助，又不是保姆。”

“拿人钱财，替人办事，天经地义。”

温特助将早就准备好的甜点从保鲜柜里拿出来，又亲手泡了红茶。

女秘书耸肩，一个愿打一个愿挨，惹不起惹不起。

♡ 4 ♡

温特助进来的时候，顾总裁已经睡着了。

他侧卧在沙发上，歪着头一只手垂下来，打着小呼噜。

温特助没有叫醒他，把手里的下午茶放在玻璃茶几上，脱下自己的外衣，轻手轻脚地盖在顾总裁的身上。

别看顾总裁睡相豪放，长得却分外清俊，白皮肤双眼皮尖下巴，头发还有些自然卷，光看脸顶多十七八岁的样子。

这让温特助不禁回忆起青葱岁月。

尤其是和顾总裁针锋相对你来我往的那些日子。

年少轻狂，两个少年为了一丁点小事都要拼个你死我活。

比成绩，比跑赛，比个头，比饭量，比追求者的数量。

他就没输过。

每次赢得不多，恰好就是那么一星半点，回回气得顾总裁呲着一口小白牙瞪他，恨不得将他大卸八块才解恨。

想到这儿，温特助没绷住，“扑哧”一下笑出声。

顾总裁“唰”地睁开眼，眼里还带着没睡醒的懵懂。

“你为什么笑？”

温特助收回笑容，指了指顾总裁的嘴角。

“这里，有口水。”

♡ 5 ♡

顾总裁没形象地“吱溜”一口，红着脸用手背蹭。

生气！

被嘲笑了！

丢人丢到家了！

一头撞死在豆腐上算了！

“总裁。”

“嗯？”

“眼角也擦擦吧。”

“？”

“有眼屎。”

“……”

一阵手忙脚乱，弄好了个人卫生，顾总裁臭着脸坐在椅子上。

温特助把下午茶往他跟前推了推："不是饿了吗？吃点吧。"

没了面子的顾总裁使性子："不吃！"

温特助叹了一口气，说："我亲手做的，忙了好久。"

"……"顾总裁避开他投过来的眼神，清了清嗓子，"嗯，肚子是有点饿了，我尝一口。"

点心是芝士切块蛋糕，上面还有几颗小樱桃。

顾总裁尝了一口就再没停下来。

"好吃吗？"

"一般般吧。"又是一口塞进嘴里。

顾总裁嘴里的"一般般"就是非常好吃的意思，和他多年交情的温特助自然知道他"口嫌体正直"的特性，嘴角微不可察地向上牵动了一下。

下午茶很快风卷残云般地被消灭干净，顾总裁喝了一口茶舒坦地靠在椅背上。

"总裁。"

"嗯？"

"这里有东西。"

"噫？哪里？"

擦了半天也没擦到关键位置，温特助忍不住跨前一步，抬起他的下巴。

微凉的食指轻轻地擦了一下顾总裁的嘴角，抹去了上面的蛋糕残渣。

"是这里。"

♡ 6 ♡

晚上有高中同学聚会。

顾总裁来时，温特助已经到了，坐在圆桌的正中间，左边是班花右边是女班长，谈笑风生，言笑晏晏。

不好的回忆又涌上心头，当时他喜欢班花，班花喜欢温特助，温特助不想耽误学业，三个人理不清的关系一直维持了整个高中时期。

“顾凌来了！”男班长热情地招呼，并将他安排在班花的身边，末了还调皮地眨眨眼。

班花落落大方地冲他颔首问好，有一句没一句地闲聊。

等同学都来得差不多了，这饭局才算正式开始。

酒过三巡，话也就多了起来。

男班长举着杯说：“当时咱班就属顾凌和温楼学习最好，顾凌不用说，开着大公司，咱们都羡慕不来。温楼，你在哪里高就啊？”

这个问题挑起了顾总裁的兴趣，他放下筷子，歪着头要笑不笑地看着温特助的侧脸。

温特助用余光瞄了顾总裁一眼，不卑不亢地答：“我在顾氏集团工作。”

男班长一愣：“噫？那不是顾凌家的公司吗？”

温楼点头，坦荡荡地说：“没错，我现在是顾凌的特助。”

♡ 7 ♡

话一出口，大家的目光都移到了顾总裁的身上。

顾总裁酒还未来得及咽下去，呛得不停地咳。

温特助用班花递过来带着香味的纸巾帮他擦嘴，又引起一阵嘘声。

男班长挤眉弄眼地调侃：“不愧是特助啊，照顾上司真仔细。”

反应过来，顾总裁臊得脸通红，一把夺走温特助手里的纸巾，又咳了几声。倒是温特助像没事人似的收回手，气定神闲地继续和同学叙旧。

这话题就算翻篇了。

温特助没被落了面子，顾总裁却丢了人。

几杯酒下肚，顾总裁就有点坐不住了。

他酒量一般，重要的场合都是温特助帮他挡酒。

今天是同学聚会又不是工作应酬，也就没有差别待遇。

他起身往洗手间走，在半路上遇到出来透风的班花。

8

班花一如既往地漂亮，黑亮柔顺的直发垂在耳后，一身白色的连衣裙，美好得宛若初恋。

顾总裁抽了一下鼻子，嘴角含笑地走过去。

班花温柔一笑，主动搭话：“怎么出来了？”

“里面有些闷，出来透透风，你呢？”

班花深深地望了他一眼，答：“我也是。”

简单的对话后，两人站在窗前看着外面的风景。

“顾凌……”班花欲言又止。

顾总裁垂眸，轻声回应。

“我最怀念的就是高中那三年了，那时候你优秀阳光，好多女孩子追……”班花陷入回忆中，眼睛亮晶晶的，“几年不见，你变得更好了，现在的我反倒有些嫉妒那时候的我。”

顾总裁听出来话中的言外之意了，可惜那种感觉早就随着时间烟消云散了，只能敷衍地说：“你也比之前更漂亮了。”

“如果，我是说如果……”班花紧张地拧着手指，红唇微启，“如果你心意未变，我……”

“顾总。”

温特助不合时宜地突然出现，一步上前，巧妙地拉开两人之间微妙的距离，无波无澜地开口：“时候不早了，明早还有晨会，我们先回去吧。”

顾总裁意义不明地看了看面无表情的温特助，礼貌地和班花告辞，又进屋和其他同学道了别，才跟着温特助离开。

9

到了外面，凉风一吹，脑子变得晕乎乎的。

顾总裁眼前一晃，踩空了一个台阶。

好在温特助手疾眼快，及时抓住了他的胳膊。

“喝多了？”

顾总裁逞能：“我怎么可能喝多，我千杯不醉好吗！”

温特助皱眉：“没喝多，那你为什么不走直道？”

顾总裁强词夺理：“马路不直怪我喽？”

温特助无言以对，秉着不跟耍酒疯的人胡闹的原则，架着人上了车，随口跟代驾的司机报了个位置。

歪在座位上的顾总裁睁开眼，问：“为什么去我家？”

温特助挑眉：“不然呢？难道要去我家？”

顾总裁撇嘴：“谁要去你家！”

温特助：“这不就得了。”

顾总裁不依不饶：“那你凭什么去我家？”

温特助把人扶正：“送你回家后我再回家。”

顾总裁“切”了一声，小声道：“假好心。”

温特助：“你是不是对我有什么偏见？”

顾总裁不语，闭着眼睛假寐，脑袋跟着车左右乱晃。

♡ 10 ♡

两人踩着点一前一后进的公司。

上午有个会，挺重要的，顾总裁还特意提前几天准备了材料。

下面坐着几个重要的客户，顾总裁强忍着头疼，边放着 PPT 边讲。

只可惜，感冒来得生猛，会议未过半，已经有些吃力。

顾总裁脑门一层虚汗。

温特助看在眼里，趁着中间休息的时间，把人领回休息室，喂了药。

“一会儿你别上了，剩下的报告我来做。”

顾总裁抱着热水袋抖：“我还能坚持。”

“别逞强了，一会儿在客户面前晕倒，场面会更糟糕。”

顾总裁有些被说服了，语气软下来：“你能行吗？”

温特助霸气地勾了勾嘴角，附在他耳边低声说：“你是不是忘了，我可是温楼，做什么都拔得头筹的温楼啊。”

一句话，勾起顾总裁痛苦的回忆，一口小白牙咬得“咯噔咯噔”响。

不过，温特助做得确实不错，甚至在他的基础上做了更细致的完善，最后合作商很满意。

“你之前看过我的报告？”顾总裁咬着笔头疑惑地问。

“没有。”

“那你怎么记得那么清楚？还做了改进？”

“这就是第一名与第二名的差别。”

温楼什么时候这么贫了！

顾总裁又开始咬牙，冲着温特助的背影喊：“等等！”

“还有事吗？总裁。”

“那个……谢谢。”声若蚊蝇。

“您说什么？”

“我说！今天谢谢你！”

温特助淡淡地一笑：“为总裁解忧是我分内的事。”

♡ 11 ♡

感冒没有好，又发了烧。

简直是病上加病。

下了班回到家，顾总裁就栽倒在自己的床上，晕得不省人事，以至于温特助什么时候来的都不记得了。

“总裁，醒一醒，吃了药再睡。”

顾总裁烧得眼睛都睁不开，眯着一条缝看人。

“温……温楼？”

“是我。”温特助扶着他的脑袋，声音特意放轻：“看来还没烧傻。”

夹带着浓浓的鼻音，身残志坚的顾总裁还嘴道：“我聪明着呢！比你聪明多了！”

“是是是，你最聪明，吃药吧。”

好歹哄着把药吃了，又喂了一大杯温水。

温特助用手背摸了摸顾总裁微烫的脑门，俯下身掖好被角，收拾完了，正准备离开，手臂却被人抓住了。

“怎么了？”

顾总裁从被窝里探出半张脸：“你干什么去？”

温特助如实回答：“回家啊。”

顾总裁委屈道："我都病成这样了，你还回家？"

温特助无奈："不回家怎么办，你不是不喜欢我在这借宿吗？"

顾总裁蛮不讲理："那是以前，现在是特殊情况，你要是擅自离开，我就扣你工资！"

温特助淡淡地看他一眼，收回被抓住的那条手臂，径直往外走。

顾总裁心里"咯噔"一下，坐起来大喊："温楼！你敢！"

温特助走到门口转过头："我不敢，我就是把客厅的沙发收拾一下，今晚好睡那里。"

12

温特助在顾总裁家住了三天，直到上司病好了，又活蹦乱跳地折腾人了才走。

这三天顾总裁的日子十分惬意，饭来张口，衣来伸手，面色红润，整个人比感冒之前还精神。

只是有一点，他好像有点依赖这个万能的助理了。

当时签的合约期限是一年。

温楼给他当特助，他帮温楼的母亲付医药费。

也就是从那时起，顾总裁才知道自己的死对头家庭并不富裕，甚至可以说是身世可怜，然而，即便生活再坎坷艰难，也压不断他钢铁般坚硬的脊背。

时光飞逝，眼看着合约就要到期了。

莫名地，顾总裁心烦意乱，不分青红皂白就发脾气。

刚骂哭一个部门的经理，温特助皱着眉问道："你今天怎么了？"

顾总裁火气没消："什么怎么了！做错事还不让人说啊！"

"就是一个小错误，不至于发这么大火啊，你说说，今天都骂哭几个了？”

“我是这个公司的总裁，还轮不到你这个特助教育我！”

话一出口，顾总裁也愣了，咬着嘴不出声。

温特助眼神带冰：“我明白了，是我逾矩了。”

13

这天之后，两人的关系不冷不热，为数不多的交谈也是只聊公事，像平时那种调侃扯皮再没出现过。

顾总裁握着钢笔签下字，一边签一边用余光偷瞄温特助。

温特助面无表情，抱着一叠文件夹笔直地站在办公桌前。

顾总裁犹豫了几秒，最终还是先开口道：“你……还在生我的气？”

温特助看都不看他，平淡无奇地说：“总裁多虑了，我不敢。”

“看看，你就是在生我的气，你是不是心里特别高兴，熬过今天你就解脱了，再也不用当我的助理了，再也不用受我的气了？是不是？”

温特助先是不解地皱眉，然后眉峰一点点舒张开，玩味地说：“原来这就是你这几天不高兴耍脾气的原因？”

命中红心，顾总裁却死不承认：“不是！才不是！”

温特助步步紧逼，胳膊支在桌面上，俯身看他：“怎么，我不当你的助理很失落？如果我没记错，你不是最讨厌我吗？我不在你的面前出现，你应该心情愉悦才对啊？”

顾总裁被逼得贴靠在椅背上，仰着头，用鼻孔对人，佯装威严。

“你别瞎想！愿意给我当助理的人多着呢，手拉手能绕地球三圈。”

“好。”温朗直起身，拿起桌上的文件，淡然一笑，“既然顾总裁有这么多能人志士，我也不好强占这个位置，今晚过后我就收拾一下东西。”

这下，顾总裁绷不住了，彻底慌了，想都不想直接抓住对方的手腕，说："你别走，我多付五倍的薪水，咱们再签一年。"

温特助干脆地回绝："不行。"

"八倍！"

"不。"

"……十倍。"

"不。"

顾总裁瞪大眼睛，心灰意冷地松开手，正打算放人走，温特助突然出声。

"还是原来的工资，我要签五年的合约。"

"！"

巨大的惊喜砸向他，顾总裁有些发蒙，眼睛直勾勾地盯着人。

温特助挑眉："不愿意？"

愿意愿意，怎么能不愿意！

顾总裁强压住想尖叫的心，抱臂道："好，准备一下，我们明天重新签约。"

♡ 14 ♡

女秘书见温特助从总裁办公室走出来，小声地问："顾总怎么样了？还在气头上呢？"

"好了。"

温特助言简意赅地吐出两个字，回到自己的座位上。

女秘书收拾好桌面，随口问："温特助，要不要一起吃午餐？"

温特助摇摇头："不了，我还有事。"

话音刚落，内线电话响起。

温特助在女秘书惊讶的目光中接起电话。

“总裁，有什么吩咐。”

“给我泡杯咖啡。”

“好的，要温杯吗？”

“对。”

“咖啡豆要蓝山的？”

“对。”

“咖啡粉要12g？”

“对。”

“水温还是88℃？”

“对。”

“我知道了，您稍等。”

—完—

糖果名称 《官方发糖》

糖果类型 蜂蜜柚子糖

制作者 @患者阿离

· 特别提示 ·

组CP需谨慎，毕竟容易弄假成真

甜饼剧场 ……

小透明是通过一个 cp 火起来的。

小透明其实只是问了大透明厕所在哪里，没想到被某个媒体拍下来鼓吹突如其来的 cp 感。

小透明看着照片里自己闪着泪光的眼睛想：虽然我是挺喜欢他，但眼泪其实是因为想上厕所憋的。

他们隶属于同一个公司，高层当即拍案决定捆绑炒他们的 cp。

节目采访综艺，能两个人上的就两个人上，不能一起上的也要旁敲侧击地提。

简单粗暴。

但粉圈也掐得死去活来。

小透明忧心忡忡地问大透明："我们的 cp 是不是给你产生困扰了，怎么办？以后不要互动了？"

大透明将小透明的备注改成【我的糖】，慢悠悠回："cp 粉都是有糖吃糖，没糖吃粮。你不用管。"

小透明接受了指教，不敢再去打扰比自己咖位大的大透明，又私心不想让属于他们两个人的 cp 粉流失，于是决定亲自去写同人文。

还被骂 OOC（注：指扭曲人物性格或原著情节的同人作品）了。

于是小透明悄悄地退圈了，有点难过："没有糖也没有粮，我马上要失去和他的唯一联系了……"

不久之后，小透明一脸蒙地穿上礼服，抱着捧花同大透明站在一起："我们这是做什么？"

大透明将那些喜糖派发给媒体，一把搂过小透明的腰："官方发糖。"

—完—

第十六集 ACTION

和校霸的三两事

酒九

温柔腼腆的坏家伙，文字旅途的小朋友。

微博：@一瓶春酒

目标人物

申吉

撤职任他撤，我就偏袒他！

作战宣言

只做他的小卫士

行动预案

正在搜索...

敌情判断

气场太强

♡ 1 ♡

我高中在学生会做事，具体点就是管理办公室的材料。那个时候我们学校校风并不是很好，混混很多，他们的头目叫申吉。

高中部几乎都知道他的名字，由于我负责整理材料，申吉犯过的大大小小的事都会经过我的手被记录下来。

虽然我只远远地见过他几面，却对他有些了解，感觉他过着与我完全不同的校园生活，有时候看到他的名字，我也会想象自己脱离平凡的生活时是什么样子。

我以为我和申吉的世界永远不会相交，但是直到有一天，我们不再是两条平行线。

申吉又犯了事，这一次牵扯的人比较多，我为了挨个记录，放学后在德育处多留了会儿。当我忙完的时候，每个班的值日生几乎也都走完了。

太阳还有一些余晖，但楼道已经很暗了，当我走到楼梯拐角时，正撞见申吉一伙人坐在楼梯上。

我愣住了，下意识地想绕去副楼梯，但又怕后退更会引起他们的注意，只能摆出一副目不斜视的样子往前走。然而我在经过他们的时候，还是被拦了下来。

“这不是‘德育秃瓢’的小跟班嘛，刚才忙着记我们是吧？”拦住我的是一个头发中分的学长，黑 T 恤搭着校裤，一脸痞痞的样子。我不知道该说什么来回答他，只是怯怯懦懦地站着。

申吉坐在楼梯上没有说话，他在几个人里很显眼，一眼看过去就知道他是领头。也许是发现了我在偷看，他抬起头扫了我一眼。

我那个时候性格很腼腆，被他瞅一眼，耳朵突然就热了。我当时只想着挡住脸红，突然迅速地抬手顺刘海，动作夸张又僵硬，像是个手忙脚乱的小丑。

我听到周围有“嗤嗤”的笑声，然后又变安静了，申吉站了起来，走到我旁边，斜靠着扶手说：“你下次不要记我们。”他穿着灰色衬衣，一脸吩咐的表情。

我看着他，整个人都有点不知所措，只是觉得他好帅。一段不长的沉默后，我说：“知道了，但是学长不要总这样子，很不好的。”

声音在安静的楼道里显得格外清楚，甚至细微的抖音也能被自己捕捉到。话音还没有落，身边的混混们就发出嘻嘻哈哈的笑声：“小卫士来批斗我们了，好怕呢。”我听到他们这样说，像是听到了笑话。

申吉没有笑，但我那一瞬间似乎发现他勾了勾唇角，光线有点暗，他开口说：“知道了，学妹。”以一种调笑的语气，我脸彻底红了，低着头对他鞠一躬，就跑下楼。

那天我一直觉得有道视线附在我书包上。

2

自从那天之后，我遇到申吉的次数就多了起来，他身边的小团体也认识了我。虽然没有和申吉再次说话，但每当路过他们的时候，中分学长就会拖长声音说：“这不是小卫士嘛？”我看向申吉，有时候会对上他的视线。

那段时间是我少女怀春的时光，在平凡的日子里憧憬着不安定。几乎每晚睡前，我都会想象申吉让我的生活产生巨大的改变，并因此心跳加速。

我开始有意和他们制造巧遇，碰到的次数多起来，申吉和他的朋友就对我有些眼熟。我其实一直想和申吉打招呼的，但是又怕他觉得奇怪。

我又见到申吉了，这次他身边的人不多，我远远就看见他，心里盘算该怎么正常淡定地打个招呼。当我越走越近的时候，申吉也看到了我，他没有把目光移开，这让我走得每一步都有点不知所措。

近了，更近了，天空很蓝，空气里有太阳的味道。我该在哪里冲申吉微笑？他现在看着我，我是该低头还是和他对视？脑袋里乱七八糟的念头缠成一团，但当我真正走近他的时候，脑袋却放空了。

“学长。”我听到自己的声音响起，申吉连同着身边的朋友一起看我，一段长长的沉默之后，我只憋出一句，“你好。”

真是，傻透了。我又一次引得他们笑起来，像是遇到了很快乐的事情，只是这一次，申吉也笑了。他愣了一下，对我说“学妹你好”，尾音带着笑意。我的脸色窘得通红，但申吉的声音却跳进了我的心里，它碰撞着。

我怀着一种矛盾的希望。很快我发现，仅仅点头之交是满足不了我的。我陷入不满足的折磨中，但这种状态不久后就被打破了。学习部的考勤表被交上来，旷课名单上，申吉的名字被写在很显眼的地方。

我负责把这些人整理后记录下来，但当笔移动到申吉名字上时，我却顿了下来。这名单给了我一个和申吉说话的理由，我找出申吉的 QQ，按下了一串字。

我是有申吉联系方式的。那是一个傍晚，才吃过饭，妈妈打开电视，然后催我去看书。就在我磨磨蹭蹭的时候，手机震动一下，是一条好友验证信息，消息的来源是申吉。

那一瞬间，我的倦怠一扫而空，我的全部注意都集中在手机上，验证通过：“学长？”我试探着问。没一会儿，我收到了回信“是我加的你，你很可爱。”

那时候，我突然什么都不想做了，作业什么都统统抛在脑后，就一遍一遍刷着他的空间，任何和申吉有关的东西，都能让我感到幸福。

我心里又怀着紧张，担心说出些学长不感兴趣的话题。但这次我有了正正当当的理由，我打字：“学长，你这次的翘课记录我没有记录。”申吉几乎是秒回："知道了，小学妹。"

我想我必须扯出些什么话题，就和申吉聊了些生活中的小事，他并没有表现出任何无聊的样子，倒是饶有趣味，这给了我很大的鼓励。而后来很长的一段时间，和申吉的联系没有间断。

联系久了，我们陷入一种心照不宣的暧昧中，偶遇变得有了期待。刷微博的时候看见有人发男生喜欢女孩子的十种表现，我逐个比对，竟有七条符合，不由有些惊喜。

而真正让我确定下来的，是一次我问申吉："你喜欢什么样的女孩子呢？"他回答我："乖的，但也不要太乖，你这样就很好。"这句话几乎否定了单相思的可能，但我一直都很听话，很少有不乖的时候。

3

我的性格是绝不会主动去表白的，我总是缺少勇气，而申吉那边也没有表示。就当我以为这种暧昧会像很多无疾而终的校园爱情一样，没有尾声的时候，学生会出了一件大事。

办公室被查出滥用职权的现象，而直接责任就在我的身上。申吉和他手下的人总是犯大大小小的事，即使我小心谨慎，也被德育老师抓到马脚。

那天下午，德育主任来班上叫我，在看到他冷着脸的一瞬间，我就知道发生了什么，脑袋里一阵轰鸣。我怕极了，虽然帮申吉的时候我心中充满勇气，但被抓到的后果我一想到就手脚冰凉。

果然，主任发现校记录与实际不符，办公室里，他和副校长坐着，他们谁也没有说话，等着我的解释。可我能解释什么呢，我情愿他们直接说出对我的惩罚。

刚才我被带走的时候，班里已经响起窃窃私语，不用想也知道，通报批评和请家长是跑不了的。我半天没有说话，副校长有些不耐烦，她用指尖“咔嗒咔嗒”地敲击桌面，德育主任看着我，我知道他已经失望极了。

然而我除了拖时间别无办法，阳光照在飘浮的灰尘上，我尽力不去考虑怎样面对家长，只是纯粹地走神，想想申吉和那些让我快乐的事。德育主任还是开口了，他脸上有种失望透顶的神色，讲道：“你不说，我只好叫你妈来问你了。”

也许是被漫无边际的走神平复了心情，我开口说：“因为我喜欢申吉。”这句话说出口的一瞬间，我的情绪又起伏起来。大概是害怕和勇气的结合，我突然鼻子一酸，又一次肯定的重复：“老师，我喜欢申吉。”这句话说出来，就像是一场没有对象的告白。

和料想中一样，通报批评和请家长是这件事的处理方法，回想过去，这可能是我第一次这么有勇气，这么叛逆的做一件事。但是我一点都不后悔，在我敲下这一段文字的时候，发现自己带着微笑。

我想申吉会是什么回应呢？我不在学生会是不是对他就没有价值了？他会不会觉得我自作多情？我身边的人会不会觉得我不自量力呢？我那个时候想了很多很多。

训话一直到八点才结束，教学楼里光线昏暗，像是我第一次和申吉说话的那天。我妈没收了我手机，就这样和我一路沉默着回家。我一心想着申吉，焦急倒比害怕更甚。

在家度过几乎与世隔绝的周末，等着我的，是星期一升旗仪式上的通报批评。站在班级队列里，我刻意来晚了些，避免周围同学问七问八。但我知道一会儿将发生什么，当着全校师生的面，我会被以早恋徇私的罪名撤职。

撤职就撤职，我只是害怕在德育主任说出早恋的瞬间周围的眼光。他们会认为我喜欢申吉是一件多么不自量力的事情啊。可今天早上遇到申吉，他看到我，突然笑了一下。我一瞬间心跳如鼓，可没等我说什么，他就转头离开了。他又是什么意思呢。

其实等待最难熬，到了真正念到我名字的时候，我反而平静下来，有种死猪不怕开水烫的意思。德育主任用一种严肃的语气念出我名字的那一刻，突然申吉那个班上传出几个男生的喊声："张倩，申吉说让你做他女朋友！"

第一遍只是几个熟人的声音，中分学长的声音最大。在他们话音落下几秒后，操场上传来第二声，说的是一样的句子，只是声音更大，喊话的男孩子更多。那些男孩子都是申吉手下的人，他们在不同的年级，在不同的班里，整个操场都是他们的声音。

操场上响起了嘈杂的声音，像水波纹一样漫延开来，几乎要盖住国旗台上主任的声音。这也许是这两年学校发生的最戏剧性最八卦的事情，我看见周围好多人的目光都集中在我身上，我第一次有这样的体验。

后来回想，我以为自己会手足无措，但是并没有。在听到这一句话的一瞬间，我立刻看向申吉，撞上他的视线。他站在队伍最末尾，怕我看不见他，还退后了两步，冲我招手。

我像是换了一个人，所有的胆怯和内向都消失了，在一阵起哄声中向申吉跑过去。我真的什么都没想，满心都是自己喜欢的人的告白。如果说恋爱能够具象，那么这一刻，我几乎是真实触摸到它，而之后回忆起来，任何经历都不及它所带给我的满足感多。

4

我成了申吉的女朋友，但升旗仪式影响太大，而我是顶风作案，所以妈妈又被叫去谈话。回来之后，家里一直处于低气压，父母商量之后，决定让我转学，就好像转学之后就能告别过去，重新做人一样。

这些天都在办理转学手续。我告诉申吉这件事，他没有太大的情绪起伏，只是摸摸我的头，让我别多想，顺着父母就行了。

后来去了新的学校，校风还算不错，周围同学也是过着普普通通的生活。我坐在教室里，突然觉得自己之前那段经历算是小传奇了，我青春里居然发生了这么了不起的事情呢。

申吉有时候会来学校看我，班上的人对我说：“你男朋友看起来好有气场啊。”我心里骄傲的小尾巴就翘起来。

我男朋友当然有气场了，因为他可是，申吉啊。

一完一

糖果名称 《舍不得头毛套不住你》

糖果类型 梦幻棉花糖

制 作 者 @患者阿离

· 特 别 提 示 ·

连猫都会撩了，你还在等什么

甜 饼 剧 场 · · · · · ·

冬夜寒冷，魔王在外点起了火，怕冷的妖怪们都围了过来，不过在看到周身都是杀气的魔王后都夹着尾巴跑掉了。

只有小野猫天不怕地不怕，跑过来看着火上烤着的鱼流口水："听说你在这里烤鱼吃！"

魔王捏捏它脸颊的肉："你就不怕离我太近有危险？"

蹭吃蹭喝的小野猫完全不怕他的威胁，反而理直气壮地晃晃自己的肉垫，示意自己是有备而来："我听说过你喜欢猫。"

魔王从烤好的鱼撕下一块肉递给它："你倒是听说了不少事。"

风一吹，火更旺了，低头认真吃鱼的小野猫耳朵被火苗撩到，耳朵尖瞬间秃了一片。

它愣愣地摸着自己变秃的耳朵尖，被抱进怀里时才想起来难过，它扔掉手里的鱼埋头在魔王怀里，伤心地不肯抬头。

魔王捏捏它秃秃的耳朵尖尖，扑灭火后抱着小野猫顺毛："你没听过，离火太近会被烧到？"

我当然听过了！

小野猫趴在他肩上，红着脸假装难过地发出"呜呜"声，爪子却紧紧地勾住魔王衣服，心里小小地欢呼了一下。

我还听过，舍不得头毛抱不住喜欢的人呢！

—完—

第十七集 ACTION

红颜不薄命

孙异能

了不起的孙异能。

微博：@孙异能

目标人物

薛以城

只想安静地伴其左右

行动预案

我要日日与你相见，朝朝暮暮

作战宣言

正在搜索...

敌情判断

薄情的商人

♡ 1 ♡

薛以城进门把大衣脱下塞进佣人手里，管家走过来和他说如烟已经在楼上等他了。

薛以城愣了一下，这才意识到今天是初五。最近临近年关，生意上的事堆积在一起头疼得要命，自己竟是忘记和佳人有约了。每月逢五，这是如烟来的日子。

如烟，说好听点是梨园的头牌，如今得了薛爷的喜欢摇身一晃便出入了上流圈子，说不好听的，就是个戏子、交际花。

刚来这地界的时候只想随便找个会来事的当个枕边人，而且有应酬的时候也能带得出手应付。薛以城不是个什么长情的，但和如烟这么一来一去竟都两个年头过去了，也不怪薛以城喜欢如烟。如烟最大的优点就是听话且识时务，从不纠缠，把握得好分寸，也守得住嘴。薛以城不明白为什么总有些少爷偏偏喜欢那些带刺的玫瑰花，长了反骨一样和你天天作来作去，还以为是情趣。

“您回来了。”如烟站在窗户旁，看见汽车开进院子的时候就守在门旁等着了。

“嗯。”薛以城看着眼如弯月的如烟，原本从公司回来闷了一肚子的气消了不少。

如烟本挽着薛以城的胳膊抬起来，“给您捏捏肩？”

薛以城点头，然后坐在沙发上整个人重重靠向后面。

“您最近是不是都没太睡好？年关了，事务很多吧？”如烟看着薛以城眼睛下的青灰色，把手指移到男人的太阳穴上不轻不重地按着。

男人舒服地喟叹了一声，“一个个的给我找碴，别以为过年了我就会放他们一码，我没家没口的可和他们耗得起。”

“可不，我们没家没口的有的是功夫和他们耗。最近我们班子里接了可多大家的活儿了，你说怪不怪，大过年的全家团团圆圆吃顿饭多好，非得搞什么聚会还请我们班子来唱个曲。”如烟有一搭没一搭说着闲话。

“有活接你还不高兴，别人不知道你我还不知道你，爱财如命。”薛以城拉过如烟如葱白般纤长的手指握住。

如烟轻笑着从薛以城身后拥过去，“如烟没什么文化，就是个掉钱眼里的，您可别嫌弃我俗气。”她手心里微微渗出点汗，面对这个人她总是紧张。

薛以城看着侧着脸向自己调皮地眨了眨眼的如烟，露出自己都没意识到的温柔神情，“最近班子里很忙吗？忙就不必来得这么勤了。”

“不会。我喜欢来薛先生这里。”如烟赶忙回答，说完觉得自己是不是表现得过于明显了，见薛以城没有在意才稍稍放下心来。

“你倒是会说话。”薛以城把如烟落在耳边的碎发给她拢到耳后。

如烟被这亲昵的举动羞红了脸，支支吾吾地说，“人总要有长进的。”

薛以城看着被自己无意中碰到的烧起来的耳朵尖，生出了戏弄的心思，“你哪儿我没碰过，这害羞的毛病却没长进。”

“您又这个样子！”如烟推开那只不安分的手。

薛以城看着如烟瞪过来的眼睛稍稍有些失神，这双眼睛从那时起竟不曾变过。

那天薛以城的狐朋狗友之一孙舟和他说梨园新来的角长得那叫一个正，光是看着就让人心痒，让薛以城给自己支几招好给抱得美人归。

两人在当天就混进了梨园的后台，结果人家美人是跳戏的，今天这场不愿意唱压根就没来。

“爷，您可别生气，我家冷玉不是针对您。就是今天有人点了曲，唱《霍小玉》，冷玉不唱这曲子说什么都不来……所以您看今天赶得真不是时候。”班主赔着笑脸看着孙舟。

孙舟摆摆手，“我自不是那种会为难你的人，你先忙去吧，我自己溜达看看就好。”

班主如释重负，这冷玉关键时候给自己上眼药，看来是红了心气就大了，以后还是得压她一头才是……只是今天这戏可怎么办？

“班主，我唱。”

“你？能行吗？”班主看了一眼站在自己跟前的少女。如烟是班子最小的丫头，在这儿也呆了个三年五载，唱的都是些不疼不痒的角色，这一下子就给推到主角上怕是要出问题的。

“能。”

说这话的如烟薛以城至今记得，那双眼睛坚定又纯明，像是最纯粹的水结成的冰。

一旁讥讽嘲笑的话如烟都恍若未闻，只是挺直身板抬头看着班主。

班主犹豫着，他不想砸了自己的招牌。

“让她唱。”薛以城拍了拍班主的肩，声音低沉。

如烟微微抬头，疑惑地看着薛以城。薛以城也不躲她的目光，勾起嘴角冲她点点头。

柳如烟，一夜成名。

散场后薛以城去寻孙舟，遍寻不着便打算从偏门离开。

“先生，谢谢您。”如烟扶着门框微微喘着气。

薛以城想看来是下了台就跑过来的，“谢我什么？是你自己唱得好。”

“还是谢谢您。”

笑起来的如烟灵秀动人，薛以城怔了一下，看她浅浅的酒窝盛满了那晚的月色。

后来薛以城便存了点别的心思，有事没事就来梨园转转。

“先生，您不懂戏。”如烟给薛以城看了茶后，并不遮掩什么地说道。

“那你觉得我为什么来？”薛以城被道破也不恼怒。

“这种事我见得太多，只不过没想到我这辈子竟也能遇上……有这心思的不止先生您，但先生您是最守礼的。”如烟呷了一口茶，接着说，“我不太懂弯弯绕绕的东西，若是先生您不嫌弃我，我便跟了您。”

“你想要什么？”薛以城问。

“我想成角。”

“好。”

如烟皱着眉头，“提那时候的事干什么？我当时不懂事。”

“怎么？后悔跟我了？”薛以城斜靠着沙发，拄着头闭目养神。

如烟躺在薛以城的腿上“哗啦哗啦”翻着手里的书，“那倒没有。”

“是吗？”薛以城微微睁开眼睛看着如烟仰卧着，白皙的脖颈呈现一条优美的弧度，不自觉地伸手抚上去。

“好痒啊！”如烟轻轻笑了一声，握住薛以城不安分的手，和他十指相扣。

很多时候薛以城总有一种错觉，感觉他们就像一对真正的夫妻，可他们并不是，只是这乱世下的一种畸形关系。

2

如烟今天好不容易得个空闲，心想怎么也该置办几件衣服、首饰了，这逢着年关酒会应酬该是少不了的，千万别给薛先生跌了份儿……想到这里，刚踏进服装店的如烟原本欢喜的心情不禁凉了几分：薛先生的面子……似乎还轮不到我来跌份。

“你也来看衣服？”冷玉本不想与如烟搭话，但站在门口的如烟表情太过落寞让她软了心。

“嗯，但现在不太想了。”如烟轻轻抚过眼前漂亮的绸缎，这颜色她很喜欢，可是穿给谁看呢？刻意讨好只会让自己最后输得更难看。

“那走吧，鼎丰真的点心现在去排的话，还能买到。”冷玉依旧是冷冰冰的样子，但如烟知道冷玉就是个面冷心热的。

如烟笑笑，“好啊。”

结果这限量的点心等得两人站得腿都有些酸了才买到。如烟接过油纸包好的点心递给冷玉，“给你。”

“嗯？”冷玉有些不解。

“我今天去薛先生那里，他不喜欢这些花里胡哨的东西。”如烟脸上没有任何表情，只是语气里带着浓浓的悲伤，听着难过，看起来却若无其事。

“何苦这么糟践自己。”冷玉叹了口气，接过点心。

“我也希望我没有争过那个角，没唱过那场戏，没遇见那个人。”如烟挥挥手和冷玉告别。“给我留一块板栗酥吧，我真是顶喜欢那个。”

“那可是百乐门的头牌，这脸蛋标致得整个地界都再挑不出第二个。”孙舟用胳膊肘戳戳薛以城，示意他看一个刚进去酒会的女子。

薛以城摇头。的确是个美人，“杜鹃”这个名字薛以城也不陌生，明明是一张魅惑众生的脸却常常冷若冰霜，那个样子足以让任何男人成为她的裙下之臣，但是薛以城觉得这样的高冷之花太难搞了，漂亮却又棘手，他是绝对不碰的。

“那个角落里的看着眼生。”

顺着孙舟指的方向，薛以城就看见了靠着角落茶几站着的如烟，低着头垂着睫毛不知在想些什么。好像是感觉到了他的视线，如烟抬起头便与薛以城的目光直直相触，然后如烟细长的眼梢便染上了笑意，整个眼底变得温暖又明亮，那笑容好像一块太妃糖甜腻腻地在薛以城的心底化开。薛以城看着如烟快速地向自己走来，一身得体的月白色绣着红梅的旗袍，头发盘起露出小巧的耳朵，没有戴任何首饰，素净典雅，隔着好一段距离就倾着身子向自己伸出手，眼中同样一片温暖亮光，他握住如烟的手轻轻把人带进怀里，低头看她。

“您来怎么不叫我？”如烟语气透露着惊喜，就像是冬天的小松鼠遇到了一颗松果那样纯粹的快乐。

“薛先生，这位是？”一个女人微笑并故作亲昵地站在薛以城身边。

如烟看看那个女人眼神暗了下来，“这不刚才不小心崴了脚，多亏这位先生搭手，否则恐怕就要出丑了。”如烟这样说着向旁边侧身站定，与薛以城保持距离后抬眼看了看那个女人，若无其事地说道。她一脸云淡风轻，只有她自己知道指甲死命抠进手心的疼痛才能让她保持冷静。

如烟说的话如同一根鱼刺扎在薛以城想要发出声音的喉咙。听话、聪明、有分寸……这些曾经是如烟的优点，如今却让薛以城心里发堵。

如烟没有一点异样，落落大方地道谢然后道别，好像他们真的不认识。

“薛以城，我警告你，在我能看到的地方别给我添堵。”女人用只有两个人听见的声音如此说，却依旧保持得体的微笑。

薛以城脸色黑下来，“白宣婷，你凭什么威胁我？人人都忙着巴结的白大小姐，我对你没一点兴趣，不论是你还是你白家的那些产业。”

在薛以城拂袖而去之后，孙舟凑到脸色铁青的白宣婷旁边幸灾乐祸地说："你可是触了逆鳞了，他是对所有女士都有着绅士风度和贴心的关怀，可他最讨厌纠缠不休乱吃醋的女人了。"

薛以城今天剩得不多的耐心全被白宣婷耗尽了。白家一直想要把女儿嫁给他，他没戳破只是因为和白家还有生意往来，事到如今也不想再应付这个女人了，还是如烟懂事又听话……不知道她是天生的好性子还只是为了迁就自己，但如烟私底下其实也是有着点小脾气，毕竟也是个红得发紫的名角，有些脾气也是应该的。

"您回来了！"

司机刚把车门打开温温软软的声音就传过来，抬眼便看见自己刚才还在想的面孔。

看样子和往常一样，也是，她怎么可能把那种事情放在心上，薛以城暗自想。

"您还因为刚才的事不高兴吗？是我的错，不该做出那种轻浮的举动为……"如烟有些紧张，她真的还蛮怕薛以城生气的，她有见过薛以城对下人发火的样子。

看着缩着肩膀像一只察觉到危险但是不敢跑小动物样子的如烟，薛以城叹了口气摸摸她的头，自己好像把人吓到了，"我没生气，你怎么来了？"

"今天是十五啊！"如烟挽住薛以城的胳膊，半是撒娇的意味。

薛以城抬头看看天上的满月，还真是。如果不是十五她今天就不会来了，哪怕两个人有了点误会她也不会为了个解释找过来。

"那个，白小姐要嫁过来了吗？"如烟突然开口。

"为什么这么问？"薛以城和如烟慢慢往宅子走去。

"嗯，不太擅长应付她。如果你真的要结婚了那我们还是早点断了联系比较好，没有女人愿意和别人分享丈夫的。"如烟感觉薛以城停了下来，"对不起，我是不是说错话了，这种事轮不到我一个外人来说。”

“你不是外人，是内人。”薛以城觉得说出这句话的自己脑子一定都是浆糊了，他也的确在说这句话的时候视线变得模糊，只隐约看见如烟焦灼的神色和头顶一轮皎洁的明月。

真是可惜，今天就要这样结束了，明天如烟就不会来了……啊，买了她最喜欢的鼎丰板栗酥忘记告诉她了。

♡ 3 ♡

薛以城微微睁开眼睛，朦胧的视线一点点变得清明。

透着淡青色血管、白皙如和田玉般纤长的手指衬着艳红的苹果，苹果皮沿着刀刃一点点卷成长条脱落露出果肉，涂着丹寇的指甲捏着一小块苹果贴着透着淡淡殷红的嘴唇放入口中。

薛以城醒来就看到如此赏心悦目的一幕。

“你醒了！”如烟放下手中的果盘从椅子上站起来坐在床边，伸出手摸了摸薛以城的额头。

“嗯，我怎么回事？”薛以城问。

“劳累过度然后染上了风寒。”如烟摸了额头还不放心又把自己的额头贴了上去。

看着慢慢靠近自己的如烟，薛以城勾起嘴角然后亲了上去，“挺甜的，苹果。”

“喂，你……”如烟推开薛以城“噔噔噔”退后了好几步，满脸通红连耳尖都像是要燃烧起来。

“我怎么？”薛以城挑了挑眉毛。

“耍流氓。”咬着嘴唇半晌，如烟气恼地说。

“我对我内人怎么能叫耍流氓。”薛以城翻身下床抓住都退到门口了的如烟。

如烟瞪大了眼睛看着薛以城，有些惊讶，“我以为你是开玩笑的！毕竟……”如烟没有勇气说下去。

“我喜欢你，也只喜欢过你，未来也想喜欢你。”薛以城第一次底气这样不足，他无法确定如烟的心意，也许如烟早就拎清自己，看清男女这种感情了……就是权衡利弊如烟也应该不会拒绝吧，可万一……

如烟怔在那里说不出话，眼眶里金豆豆却一颗颗砸了下来。在这之前，就算借给她柳如烟一百个胆子她也不敢想，只敢把自己不知什么时候越了界的感情亲自埋藏在尘埃里，小心翼翼地掩饰自己的喜欢、嫉妒和绝望。而现在过度的狂喜使如烟整个人如同泡在沸腾的水里，晕晕乎乎的，只能死死抓着薛以城的袖子不放。

“那个，如果你没有那种心思，就当我没说过……我不会强迫你。”感到滚烫的泪水一滴滴砸到自己的手背上，薛以城有些手足无措，他没见过如烟哭过，任何时候如烟都是笑着的。

“不，不是的。”如烟嗫嚅着。

“你别哭，咱们好好商量。”薛以城拍着哭得抽抽搭搭如烟的后背。

“我，我喜欢你，最喜欢你……我嫉妒那些大小姐，那些能光明正大喜欢你的人。我最最最喜欢您了，比所有人都喜欢。”带着哭腔有些沙哑的喊声狠狠撞在了薛以城的心上。

薛以城从来没想到如烟有这么大胆，把几乎都缩在自己怀里的如烟拉出来捏住她的下巴，“真的？”

喊完才意识到自己做了什么的如烟瞬间变成了熟透的龙虾，偏着头用力地点头。刚才的举动耗费了她全部的勇气和力量，羞耻感现在逐渐放大让如烟恨不得找个地缝钻进去，可薛以城紧紧握着自己的腰不松手。

“我以为你不会吃醋呢！”薛以城心里忍不住笑开花，表面却一本正经忍不住欺负怀里的人。

“我，我，对不起，做你讨厌的事了……”

薛以城打断了如烟，“以后不会让你吃醋了。作为丈夫怎么能让妻子伤心呢？”

“你怎么能娶我呢？戏本上不是这么写的……”如烟小声嘀咕着。

“戏里怎么唱？”薛以城问。

“君虞，君虞，妾为女子，薄命如斯。君是丈夫，负心若此。”

“红颜无须薄命，丈夫也无二心。”薛以城望着双眼通红的如烟说道。

病入膏肓的霍小玉挣扎着站起来看着已经变了心的心上人，决绝悲恸地把一杯水泼在地上，覆水难收，此情应尽了。然后流着泪倒下，永远地离开人世。

《霍小玉》使柳如烟一夜成名，而如今在这台子上唱的最后一曲竟也是这个。

“难得的嗓子，挺好的身段，也还年轻……太可惜了。”孙舟嗑着瓜子玩笑般看着身旁的薛以城说道。

“省得某些登徒子惦记。”薛以城递过去一个威慑般的眼神。

“我就算惦记人家也不可能和我走，她太喜欢你了，你简直就和她世界里的光一样………你这么看我做什么？你不会没发现吧！每次她见到你那种笑感觉简直就像是暮春拂面的风，金秋熟透的果子的汁水，黏在牙上的太妃糖……我每次都在想什么时候有人愿意把这种笑容给我。”孙舟叹了口气，“你扔下我一个人就走了？见色忘友的！”

薛以城在梨园的后门等着如烟。

“你怎么不在车里等我？”如烟忙跑过来，说话间还能看见凝成的雾气，耳朵和脸颊都红红的，不知是因为冷还是因为喜悦。

薛以城搓热了双手然后捧上如烟微冷的脸颊，“我真的是栽到你这里了。”薛以城望着如烟笑起来弯弯的眼睛。

“嗯？”如烟不明所以地歪歪头。

“明春三月，迎娶佳人，郑县团聚，永不分离。”薛以城轻轻抱住如烟，“薛柳氏，你可愿意？”

“我愿意。”如烟回答。这是《霍小玉》的戏文，霍小玉与李益盟誓的句子。

我要每月初一，初二，初三……十五，十六，十七……廿五，廿六，廿七都与你相见，朝朝暮暮。

—完—

糖果名称 《亲亲》

糖果类型 手工牛奶糖

制作者 @患者阿离

·特别提示·

这波套路非常6

→ 甜饼剧场 ·······

武林盟主邀请宾客，江湖上有名有姓的人就来了九成。

混吃混喝的小妖怪化成一个锦衣小侠女，仗着一身好皮囊也混了进来。

小妖怪左吃吃右拿拿，还从厨房里偷了几个馒头塞进怀里，美酒喝醉了就趴在旁边剑客的怀里傻笑。

一边的小孩子吃撑了，迭声哭喊要娘亲给他揉揉肚子。

小妖怪见状，也傻乎乎地抓着剑客的手往自己吃得圆滚滚的肚皮上摸："我肚子也痛……"

剑客便给小妖怪揉肚子。他的手上有常年持剑所成的茧，隔着薄薄一层衣服摸得小妖怪十分舒服。

摸着摸着，怀里的圆脸小侠女就变成了一只软软的兔子。

一戳还蹬腿儿。

剑客不动声色地把小兔子抱进怀里。

一旁小孩子的肚子不痛了，撒娇去蹭娘亲的脸："谢谢娘亲娘亲！"

小兔子由剑客敞开的衣襟里伸出两条长耳朵："我肚子也不疼了，谢谢……"

剑客把她的耳朵打了个蝴蝶结："不准叫我娘。"

小妖怪想了想，蹦起来去用嘴巴蹭他的下巴："那就只剩亲亲啦。"

— 完 —

第十八集 ACTION

操碎心的猫妖先生

邢二狗

脸皮三尺墙厚，才高八两废铁。

知乎：@邢二狗

目标人物

娇娇

行动预案

离家出走闹情绪

作战宣言

我是不是你最喜欢的猫，嗯？

敌情判断

出现情敌

正在搜索…

♡ 1 ♡

“咚咚咚”敲门声。

“谁啊？”

“快递！”

女孩从床上爬起，随便披了一件外套，睡眼朦胧地嘟囔着：“我最近也没买什么啊……”

她打开门，正看到一个穿着皮夹克的大汉，他满脸胡茬，一脸淫笑。女孩慌了，想赶紧关门，却被大汉推倒在地。

“嘿嘿，这妞很嫩啊。”

女孩的边境牧羊犬叫个不停，却被女孩拴在阳台。大汉一把撕破了女孩的外套，女孩双目含泪，苦苦挣扎。

突然，一道黄影一闪而过，大汉惊叫一声松开女孩。只见一只短尾猫眼神凌厉地立在女孩身前，全身的毛发炸起，如一只好斗的刺猬，娇小的身躯里发出一阵狠厉的颤音。

大汉手摸眼角，乃是一道血痕。

“畜生，我宰了你！”大汉一记猛踢。

“唰唰唰。”

三道血痕。

大汉的脸如喷泉，汩汩地往外喷血。他一怔，随后大叫地冲出门去。

少女如释重负，正想着摸一摸短尾猫的毛发。却见短尾猫回头严肃地瞪着少女。

“告诉你多少次了，不要给陌生人开门！”

“好啦猫先生，我知道啦，这不是有你么。”少女看猫先生生气，撒娇着说道。

女孩一撒娇，猫先生的脸也绷不住了，它背过头去。

“今晚加餐，两盒金枪鱼罐头。”

2

“老哥，这样真的有用吗？”

“别说话，好好把腿盘起来。”

“猫老大，我这盘起来有点费劲啊。”

我不耐地看着手脚不协调的边牧，“你想不想成精了？你不打坐怎么吸取天地灵气，日月精华？”

边牧有点委屈，它勉力地弯曲也只是做了个七七八八。

我冷哼一声：“哼，就你这样还天下第一聪明狗，难怪千百年来你们都被我们猫族欺负。”

边牧委屈地哼了几声。

这时，娇娇哼着小曲下了班。

“啊，猫先生，想死你了。”娇娇亲昵地摸了摸我的头，“诶？你在干吗呢？”

“在教傻狗成精。”

“为啥？”娇娇疑惑道。

“它羡慕咱俩，没事能对对话。”我淡淡地说道。

边牧不忿地叫了起来。

娇娇看着一猫一狗斗嘴，心情甚好：“喏，你的金枪鱼罐头，你的大排骨，过一会儿咱们去公园里溜达溜达？好不好？”

“啦啦……”娇娇哼着小曲牵着边牧，我无聊地跟在后面，偶尔看看跳广场舞的大爷大妈。

我其实是很不想出来见人的，因为出来就不能说话，见到别的人还得装模作样地“喵”一声。

“哇，好可爱的猫咪啊！”路人看见我。

“喵。”嘿，真别扭。

“猫老大，你觉不觉得，最近主人心情尤其好。”

我一怔。

“此话怎讲？”

边牧清了清嗓子：“我上回半夜在主人屋里睡觉，听到主人跟一个男子打电话，有说有笑的。”边牧颇为神秘地看着我，“男的。”

“我更关心的是，你啥时候跑到屋子里睡的。”我冷冷地看着他。

边牧一哆嗦：“猫老大，这事重点在这吗？”

我装作不在意地说道：“那有什么的，说不定是他爸呢。”

我看着走在前面哼着小曲的娇娇，面露绯色，身心愉悦，正伏人间三月天，猫儿交配人发情，该不会娇娇这朵含了二十年苞的花儿也绽放了吧？

不知道为啥，一想到娇娇谈了男朋友这事，我就浑身上下不痛快。

“男生诶，半夜诶！”边牧向我强调这两个关键词。

“来，傻狗，你到那边草丛里等我一下。”我真是没见过这么不识时务的狗子。

“猫老大你干吗打我啊！哎！疼……”

那天半夜我像捉奸一样守在娇娇的身边，但是却没有等到那个深夜电话男孩，反而有别的收获。

“你是谁？”

“我是鬼先生。”

“之前没见过？”

“哦，我隔壁的，今儿过来串门。”

“哦。”我打了个哈哈，“回去吧，敢吓到这个胆小鬼睡觉我挠死你。”

鬼先生冷哼一声。

“老夫死了二十多年了，怕你？”

三分钟后。

娇娇被惊醒了，看着我冲着一团空气龇牙咧嘴、挠来挠去，娇娇惊奇地说道：“猫先生，你还不睡啊？”

我颇有疲惫地看着鬼先生逃走的身影。

“哦，没什么，深夜运动一下。”

我心里却想着：老猫我修炼了几百年了，怕你？

♡ 3 ♡

娇娇果然有了男朋友。

那天她亲昵地召集了我们两个，面带羞涩地宣布着。

“听好了，我恋爱了！”

“哦。”

“汪。”

“你俩怎么看着一点也不惊奇？”娇娇好奇地说。

“你今年二十二了，有个男朋友不是很正常吗？”

娇娇嘟着嘴：“我这是精挑细选。”随后她有些神秘地看着我道：“你呢？修炼了几百年就没个女朋友？”

“我醉心修炼，无心公母之事。”我高冷地说道。

“切，无聊，狗先生我就不问了，才一岁多，肯定还没处对象呢。”

边牧汪汪地叫了两声，以示抗议。娇娇看着我，“它说啥，翻译一下。”

我说："它说它是隔壁四家狗窝的爹。"

娇娇带着男友回了家。

那是个很高很帅的男子，眉目清秀，笑如春风。他看着我和边牧笑着道："Hello，大家好啊，我是建峰，很高兴认识你们。"

握握狗爪，握握猫爪，大家就算认识了。

娇娇热情地邀请建峰到里屋去。

"傻狗，我不去了。"

"怎么了？"

"我不屑于和娇娇以外的人类交往。"我高冷地说道。

"真的？"傻狗似乎看穿了我的心思。

"……"我不自在地晃了晃身子。

建峰好像对我很感兴趣。

"哟，好可爱的短尾猫啊。"他笑着摸了摸我的头。

"是啊，我家猫先生很可爱的啊！"娇娇颇为紧张地摸着我的头，跟我比画着噤声的手势，怕我说话吓到他。

我转身回到我的猫窝里，待着不动了。

一顿尴尬的晚饭后，娇娇带着我们一起广场散步。看着他俩在前面有说有笑，我心里抽搐着难受。

"猫老大，你不会是喜欢上主人了吧？"边牧担忧地说道。

我知道那不是喜欢。

娇娇是个孤儿，我在孤儿院陪着她长大，这么多年，突然有了一个人能取代我的位置，这种感觉让我莫名地孤独。

娇娇牵着狗去超市，花园边只留下我和建峰。

建峰点了支烟。

“修炼多久了？能化成人不？”

我一惊。

“喵。”

“你这么装不难受吗？”他笑着看着我。

我知道被人识破，也不再伪装：“修炼了几百年了，没啥人教，自己摸索的。”

“挺厉害，自己摸索着成了精，佩服。”他看着我说。

“你想怎样？”

“不想怎样，我是个道士，除魔卫道本是职责，不过看在你也算有良心，只要你主动离开娇娇，我放你一马。”

“哼，你算哪根葱？”我正要耍狠，却不料他一只手放在我的脊椎上，我一身法力却动弹不得。

“何必呢？我不知道你伪善地装了这么多年是为了什么？”他笑着说，“但是妖精嘛，哪有一个好的？”

“喂，你们在干什么啊？”娇娇回来了。

建峰爽朗一笑，“没事啊，我看猫先生可爱，和他玩着呢。”娇娇瞪了一眼建峰，“我和你说，你可不准欺负猫先生啊！你看，它都郁闷了！别郁闷，我有给你买金枪鱼罐头哦！”

♡ 4 ♡

走还是不走，这是个问题。

那天我边吃着金枪鱼罐头边想这个问题。这事我谁也没说，包括傻狗。

那天我跑去问了傻狗一个问题。

“如果在你面前，一个是陪伴你多年的骨头，它陪你度过了很久岁月，现在突然出现了一块大排骨，二者之前你必须选一个，你选哪一个？”

“排骨啊，那还用说？”傻狗回复道。

“你听清楚哈，那个骨头陪伴你了很久哦，很久很久哦，你再选择一次？”我不甘心地问道。

边牧似乎很认真地想了一下，“肯定是排骨，有排骨谁还要骨头啊？”

第二天，我背上小鱼干离家出走了。

我也没舍得走太远，就到隔壁小区安营扎寨，很快我就在隔壁小区看到了我的寻猫启事。我强硬地别过头去，躲在了草丛里。

余生，就交给建峰指教吧，我想着。

我也算过了几天无忧无虑的日子，附近的几只猫王都跑来向我朝贡，每天我带着它们盘腿打坐，小日子也还不错。

这晚，我正准备入睡，却猛地察觉一丝阴气。我走到小区门口，阴气更盛，只看见隔壁小区天空上方阴气弥漫，天地无光，鬼哭狼嚎，恍若地狱。

我大惊失色，疯狂地向隔壁小区跑去。

我顶着阴风，正看见无数的孤魂野鬼凑到一起，疯狂地向一个窗户涌入。我看那窗户，正是娇娇的家！

我纵身一跃，跃入窗户，正是那熟悉的厨房。娇娇的卧室外，建峰手持桃木剑鬼画符，汗如雨下，正全力地阻挡着恶鬼的侵入。

“来啊，把这个道士给我弄死！然后进去找一只猫，给我大卸八块！”鬼先生叫道。

原来是他来报仇了！

建峰守住房门，挥剑斩鬼，但奈何猛鬼甚多，他的手脚都被恶鬼缠住，只见鬼先生一声怒嚎，手向建峰的心窝掏去。

“喵！”

一声猫叫。

鬼先生浑身一抖，大惊失色：“猫，猫！”我趁着这空挡猛地出击，疯狂地挠着缠绕在建峰周身的猛鬼，猛鬼吃痛，立刻松手，建峰一把拾起桃木剑。

“是你……”建峰微惊。

“别说话，先把这一劫渡过去，咱俩的账以后再算。”

建峰嘴角一咧。

“好！”

他拿起旁边的酒，喝入嘴中，向着桃木剑一喷，瞬间桃木剑火焰滚滚，万鬼不敢靠前。

“就，就是这只猫！给我上！”鬼先生哆嗦道。

我露出尖尖的獠牙，杀入鬼群，挠得恶鬼吃痛连连。建峰也动了，多了一个帮手，他压力骤减，长剑挥舞，剑气纵横，群鬼哀号连连，未有一合之敌。

群鬼魂飞魄散，阴气烟消云散。建峰熄了桃木剑，看着我喘着粗气。

我也疲惫得睁不开眼：“小子，不是所有的妖都是坏的。”建峰刚想说什么，却见房门被推开。

“喂，这么吵干吗啊！”娇娇睡眼惺忪地推开门，突然看见了浑身脏兮兮的我。

“猫……猫先生！你回来了！”

她眼睛瞪得大大的，飞快地扑在我身上，泪水呼呼地往外喷，“你跑去哪儿啊？你知不知道我很担心你啊……”

我心中一阵感动，但硬生生把眼泪憋回去。

“干吗，我出去旅游也不行吗？傻丫头。”

她还是紧紧抱着我哭，突然她意识到不对。她呆呆地看着建峰："刚才，我的猫说人话了……你怎么一点也不惊讶啊？"

♡ 5 ♡

很快，一男一女一猫一狗快乐地生活在了一起。

"来，咱们今天来真心话大冒险！"娇娇提议。我们三个掷骰子，最后是我的点数最大。

建峰："大冒险！"

我："去给我买两斤小鱼干。"

娇娇："真心话！"

我："哼，懒得问。"

建峰前脚出门，我一个跳跃，趴到娇娇的耳边。

"喂，傻丫头。"我居高临下地甩着嘴巴。

"我是你最喜欢的猫吗？"

嘿，你说呢？

一完一

第十九集 ACTION

沉迷吸猫无法自拔

薄暮冰轮

90后脑洞派铲屎官，女，

中二时期取了笔名薄暮冰轮，

多年后因签名手部抽筋。

微博：@薄暮冰轮

目标人物

薄暮冰轮

只要

几招……

行动预案

喵，喵喵！

作战宣言

正在搜索...

敌情判断

无。

猫，撩人界第一高手，撩汉撩妹一把抓，上至90岁高龄老爷爷，下至3岁无知小萝莉，只要是人，都抵抗不了这股撩劲儿。

自从有了 Honey 之后，我就越发清楚地意识到了这一点。

猫，真的太会撩了。

而且撩法多样，花招百出，这里重点为大家介绍以下几种撩法：

卖萌撩。一只嗲猫，走到你身边，蹭蹭你的裤腿，用圆溜溜的大眼睛看着你，然后“喵”地叫一声。注意，猫在自然界是很少发出叫声的，它们更喜欢用肢体语言和同类交流，这种喵喵的叫声是邪恶的喵星人针对人类特地开发出来的一种撩人手段！当它想卖萌的时候，就会用不同的喵喵声试探你，看你对哪一种叫声做出反应，它就会更愿意用这种声音撩你，用这种撩法骗吃、骗喝、骗陪玩，还让你美滋滋，可怕，实在可怕。

碰瓷撩。又是这只嗲猫，在你半夜憋不住去洗手间释放库存的时候，它会在黑暗中一路尾随，然后就地一躺，蜷缩前爪，露出毛茸茸的肚皮，好像刚才是你把它撞翻的一样。不，我不是，我没有，我只是上个厕所，是它自己躺在地上露出肚皮的！怎么办呢？绕开它回房间睡觉吗？不，当然是在冬天瑟瑟的寒风中蹲下来坚强地撸猫了。啊啾！啊啾！啊啾！

傲娇撩。有时候，这只嗲猫也不是那么嗲。它会轻手轻脚地来到你的身边，用尾巴勾一勾你的裤脚，用身体轻轻一蹭，当你以为春天来了的时候，它却若无其事地走开，来到猫爬架上，俯瞰着你，好像在问：发生什么？这种“蹭一下就跑”的撩法，让人更加想把它抓起来按在腿上一顿揉搓！

痴汉撩。大家注意了！如果遇到这种痴汉猫咪，请一定要打我电话，这是一种高危品种，不宜自家饲养，请放心地交给我来管理！这种痴汉猫是很危险的！它会在门口等你开门，以便第一时间冲上来和你亲热。吃饭一定要坐在你大腿上，方便研究人类菜式。你走到哪里都要尾随，以防你在自己家中走丢。随时随地躺在地上要你抚摸，以免你出去“嫖”别人的猫。经常用脸颊狂蹭你的手、你的衣服、你的一切生活用品，因为它要用气味标记你！最可怕的是，这种会痴汉撩法的猫还会强吻铲屎官！对，你没有看错，它会强吻！它对你嘴唇上的润唇膏味道感到好奇，爬到你的大腿上，用前爪搭住你的双肩，不要脸地狂蹭你的嘴唇。如果你推开它一百次，它就会一百零一次地爬上来强吻，直到你屈从于它。

不，我拒绝这种撩法！它刚刚从猫厕所里出来啊，啊，啊，啊，啊，啊，啊！

— 完 —

第二十集 ACTION

我喜欢你超过2分钟，撤不回了

朝歌晚丽

一个喜欢胡歌和写作的小仙女。

简书：@朝歌晚丽

目标人物

林深

行动预案

喜欢就要脸皮厚

作战宣言

林深，做我男朋友吧！

正在搜索...

敌情判断

告白无数次，被拒绝无数次

♡ 1 ♡

林深说，从来没见过我这样厚脸皮的人。

每次他说的时候，我都会对他露出一个十分得意的笑容，小样，对你不厚脸皮还真不行。

我想，林深指的厚脸皮大概是，我表白被他拒绝了无数次，却从来没有放弃，而是越挫越勇。

林深告知我他去洗澡以后，我给他发了以下信息。

“林深，做我男朋友吧。”

“2分钟内没有回复，就当你答应了。”

林深的回复是“许夏，你真的够厚脸皮！”当然，这个时候距离我发信息已经过去20分钟了。

“信息超过2分钟，撤不回了。”

林深回了我一串省略号，然而我回他一句：男朋友，你好。

在林深没有反应过来的时候，我在朋友圈发了我们的合照，配文：谢谢大家的祝福，我们会幸福的。

等林深真正反应过来的时候，他已经被冠上我男朋友的标签了。只是出乎我意料的是，他没有损我，而是很认真地问我。

“许夏同学，你真的那么喜欢我吗？”

“是啊，超级喜欢的。”

“那我们就试试吧。”

看到这条信息的时候，我简直不敢相信，抱着手机手舞足蹈，高兴得像个孩子。

我与林深，就是这样在一起的。

♡ 2 ♡

“同学，我觉得你长得好像我下一任男朋友啊。”

这是我对林深说的第一句话，在我们初次见面的时候。

彼时林深在看书，他从书中抬起头来，看了我一眼：“同学，你没病吧？”

我连忙摇头否认：“那句话是夸你的，意思是夸你长得帅。”

林深却看也没看我，继续低头看书，见状，我又继续说：“同学，你好，我叫许夏。”

“同学，你叫什么名字啊？”

“同学，你有没有女朋友啊？”

林深许是觉得我太聒噪，直接收起书就走。我忙追了上去，最后，在他即将到达教学楼之前，我成功问到了他的名字——

林深。

♡ 3 ♡

“如果追林深不成功，你请我们几个玩一天。”

“没问题！如果成了，你们几个可得给我大红包。”

回到宿舍以后，我就迫不及待地把自己给坑了，告诉了舍友自己在图书馆遇到林深的事情，并且放言，一定要追到林深。

于是，有了以上这一幕。

对于林深来说，如果眼神可以杀人的话，我想我已经被林深杀了千千万万次。

林深喜欢低调，然而我却偏偏张扬地让他成了全校的热点。我永远无法忘记他看我的那种眼神，那种冷漠得像要杀死人的眼神。

“林深，我喜欢你。”

我在男生宿舍楼下喊出这句话以后，几乎所有人都打开了窗户探出头看，紧接着，一片起哄声响起。

只片刻，林深从男生宿舍跑了出来，拉着我就跑。

“林深你干吗？”

跑了好久，林深终于在学校的湖边停了下来，此时，湖边一个人都没有。

“同学，你脑子没病吧？我根本不认识你。”

“一回生二回熟嘛。”

“你知道你给我造成了多大困扰吗？以后别来找我了。”

“不找不找，绝对不找，你手机号告诉我就不找了。”

他没理我，顾自往前走。也不知道哪里来的勇气，我上前拉住了他的袖子。

“你手机号告诉我，我就不找了。”

他的眉头紧皱，眼神冰冷。僵持一会儿以后，他还是对我报出了一串数字。

我用最快的速度拨通了这个电话，待他拿出手机确认来电以后，我这才松手。

“晚安啊。”

他没回我，只是加快了脚步，片刻就消失在我的视野中。

4

“林深，林深，这道题怎么写啊？”

在林深从教学楼出来的一瞬间，我飞速跑了过去，把手上的书捧到他面前。

林深没有拒绝我，而是接过书看了起来。

片刻以后，他向我伸手，我不以为然地把自己的手放了过去，结果他却瞪了我一眼。

“笔。”

真是惜字如金啊，我一边腹诽一边将手上的笔递了过去。

只见他接过笔，在书上“唰唰唰”地写了几下，便将书递给了我。

然后，他就走了。我看着他写好的步骤，对着他的背影，不由得感叹，是一个学霸啊。

在我连续一个星期都在教学楼堵着林深问题目以后，林深的耐心终于耗尽。

“你是猪脑袋吗？上课没听讲吗？怎么那么多问题，你就不能问其他人吗？”

我毫不气弱地回他：“学霸都像你这样高傲吗？”

但是林深根本不理我，头也不回地走了。

♡ 5 ♡

如果那次我高烧林深没有送我去医院的话，我想，我肯定放弃他了。

那是国庆节的时候，学校放假，舍友们纷纷回家了，偌大的寝室就只剩下我一人。

那天我的表白再次被林深拒绝，下着暴雨的时候，我站在雨中把自己淋得浑身湿透，结果当晚就发了高烧。

烧得迷迷糊糊的时候，我突然想起了林深。于是，我拨通了林深电话。

电话接通以后，电话中传来的是林深略为困倦的声音。

"喂。"

"林深啊，我是许夏，你要不要做我男朋友。"

"你说过了，我也拒绝过了。"

"林深啊，我可能感冒了，脑袋很晕，你现在不答应我没关系，我过几天再来问问。"

说完以后，我直接将手机放在床头柜，反正林深每次都会先挂电话。我将被子裹了裹，继而，沉沉地睡了过去。

再次醒来的时候，我便躺在医院病房，房间并没有其他人，我正疑惑自己怎么会在医院的时候，病房的门被推开了。

林深走了进来，手上还提着几个购物袋，将手上的东西放好以后，他拉过凳子，坐在了我的床边。

"脑子没烧坏吧？"

我瞪了他一眼，这人一句好话都不会说么。

他倒也没有介意，而是伸手打开了购物袋，瞬间，一阵香气钻进我鼻尖，我不由得将头凑了过去，想要看清楚这香味的来源。

"医药费加住院费加早餐费一共773.8，给你打个折，去掉尾数，共770。"

我看了他一眼，将想说的"谢谢"吞了回去。

♡ 6 ♡

欠林深的那几百块钱，我还了整整一个学期。

倒不是我穷，而是我想着，这样就可以多见他几次。

费用还清那天，我请林深吃了顿饭，地点就在我们学校附近的小餐馆。

“这顿饭是想特意向你表示感谢，谢谢你救了我，将我送去了医院。”

林深不以为然地抬头：“没必要，就这个？换了谁都会和我一样做的，你用不着谢我。”

“这哪行？必须谢，还得送锦旗呢。”

林深看了我一眼，没有说话。

“你怎么会知道我发烧了？在宿舍？”

“你自己没挂电话，我等你说话又不见出声，然后想起你说自己感冒头晕，在电话怎么喊你都没用，我只好去你宿舍问一问了。不想，你真的在宿舍。”

我故意抬头惊讶道：“每次都是你先挂电话，那次竟然没挂，难怪我手机会欠费那么多。”

“要不是我没挂电话，你现在还能好好在这坐着？”

回去的时候，我以互道平安为由，问到了林深的微信号，而他没有拒绝。

在那以后，我与他的关系似乎越来越好，只是，我表白他仍旧拒绝。

♡ 7 ♡

“你为什么喜欢我？”

忘记是在第几次表白被林深拒绝以后，他问了我这个问题。

我不知道他为什么会这样问，可我开始深思。

起初注意到他，不过是因为他比较特别，一个男生却喜欢待在图书馆，而且每次还是一个人，每次也只坐同一个位置。

他长得并不帅，却充满气质，行为举止更是与其他学生不同。起初也许只是因为与舍友的赌约，可后来，我却是真正被他所吸引。

其实我真的有想过放弃，可我脑海总会浮现出他的身影，他在图书馆看书的身影，帮我解题的身影，医院病房里照顾我的身影。

那以后的几天里，我都失眠。躺在床上，脑海却满满都是他。

也是这样，我义无反顾地踏上了倒追的这条不归路。

“喜欢是没有理由的，我就是喜欢你了。”

冥思苦想了许久以后，我给林深发了这段话，可是我等了很久，都没有等到林深的回复。

“我真有这么差吗？他每次都拒绝我。”

本以为能得到点安慰，结果反而被室友给打击了一番。

“稍微有点脑子的都看得出来，林深不喜欢你，怎么你就看不出来呢？”

我没有回复，心里却思绪万千。

8

自那以后，我减少了出现在林深身边的频率，更多的时间都用在了图书馆。我以为只要我努力，林深就会接受我，可是我没有想到，林深的身旁会出现其他女生。

许久不曾去学校食堂吃饭，偶然去一次，还遇到了林深。

只不过，林深身边站了一个女孩子。

身穿淡紫色连衣裙，乌黑亮丽的长发，即使是我都不得不承认，这是一个极为好看的女孩子。

遇见他们的时候，我正在排队，而他们随后过来，就排在我身后。

“林深。”

我主动和他打招呼，他对我笑了一下，似乎是察觉到我的眼神，他指着身旁的女生介绍道：“这个是我表姐，来学校看看。”

这不是他女朋友？

听到这话的时候，我激动得连手中的餐盘都差点飞了出去。

我突然觉得，也许林深也是喜欢我的。

9

遇见林深姐姐的当晚，我又对林深进行了一次告白。

不同的是，我们在一起了。

我曾问过林深，为什么拒绝我这么多次。

林深他想了好久才回我：“因为担心你只是想玩玩。”

“那你为什么又答应我呢？”

“可能是因为你傻。”

我随手拿过沙发的抱枕，朝他扔了过去。

“就你聪明。”

他却是抱过了我：“其实很多次我都想答应你，只是你跑得太快，话才说一半就跑了。话说，你这样追过几个男生？”

我自动忽略了前半句话，故意扳起指头数了数，最后，在他耳边轻轻出声。

“就你一个。”

“最好永远都只有我一个。”

我轻咳两声，煞有其事地开口：“经过本人多方面考核，最后决定，就你了，你会是第一个，也是最后一个。”

他也有样学样："这还差不多！我也决定，以后就你了。"

说完，他突然朝我靠近，呼出的气息弄得的我脖子痒痒的，片刻，听到他在我耳旁轻声开口。

"告诉你个秘密，其实，你可以不用告白这么多次，因为，我也早就喜欢你了。"

—完—

第二十一集 ACTION

@你

莫里

抽空下凡的仙女。

微博@莫里____

目标人物

阳同学

去你想去的全世界

行动预案

答应过的旅游，我完成了！

作战宣言

正在搜索…

敌情判断

异地恋。

这个故事，发生在我大学同学的身上。

因为名字中有个“阳”字，就叫她“阳同学”好了。

阳同学从小就水灵得像颗桃子。白白的小脸透着水润的红色，笑容甜而多汁。

如同每个故事一样，阳同学有个青梅竹马住在另一栋家属楼，小男孩比她大一岁，皮肤黝黑，一笑还有两排白牙齿，嘴唇有些干，他总是手贱地去扯干皮。

小时候，两人总是打打闹闹，她也生气地喊出过“世界上最最讨厌你”这种话，只是这种讨厌，伴随着成长逐渐变了味道。

在高考后的那个暑假，他们走到了一起。

大学的时候，阳同学是我们宿舍里唯一一个有男朋友的女生，若是放到现在，估计我们都要高唱“我们不一样，全寝室只有你有对象”，然后把她娇羞的视频发到快手上。

她男朋友并没有读大学，高中毕业后直接去当兵。军营的休假和大学生的完全不同，我们有寒暑假，可是他们只有一年20天，而且还是按照休假表来排。

这20天假期，在路上先要浪费两天，回到原籍后还要再见一圈朋友亲戚——而我们是在另外一所城市上大学，他每年只能抽出短短几天来陪伴女朋友。

远距离恋爱以及军人身份无法每天和外界联络，这些导致他们的恋爱谈得异常艰难。

阳同学经常自嘲，说自己有男友却过得和我们这些单身狗一样。

每次相聚前，他们总会策划无数次约会计划。去某地旅行、吃当地最地道的餐馆、游览名胜古迹……然而事实是，每次他们只能相聚两天。

大学四年，她就一直处于对这段感情的迷茫当中。

她说她能感觉到，他们的共同语言越来越少了。

她说的话题他永远听不懂，他的枯燥军营生活她也不感兴趣。

后来这段感情，在她去国外读研究生的时候宣告结束。

毕竟眼界的不匹配是步步造就的。

他那时候已经复员，可是摩擦不仅没有因为距离的缩短而减少，反而增多了。

她是带着眼泪上飞机的，她说她很想学电影里那样，在她离开前，把他们的所有回忆都付之一炬，再像女主角一样剪短长发。

可事实是她的头发很短，他们的回忆很少。

没有车票，没有日记，没有鸿雁传书。

他答应过无数次要和她一起去旅行，可这一切都只停留在聊天记录里。

后来阳同学到了美国，操心于新的学业与生活，遇到了新的人。

直到有一天，她忽然想起来，大学时人人都在用“人人网”——现在，那早就过时了。

她回忆了一番账户名和密码，想上去找找大学的回忆。

结果刚一登录，就被铺天盖地的提示惊到了。

“xxx 在照片中圈出了你”

就这一条，刷了几百遍。

xxx 是她男朋友的名字。

她点过去看了看。

在她读研究生的那两年，他拿着积蓄走遍了全国各地。

其实那几百张照片，都只有他一个人的身影。

不同的是，拍摄每张照片时，他都把一只胳臂平举，手肘向下弯曲——好像胳臂搭在某个人肩膀上一样。

而被他搂在怀里的空白位置，则被他标注上了她的名字。

他答应过的旅游，最终只有他一个人完成了。

她想要的回忆，终于有了。

阳同学那天对着照片哭了很久很久。

最终她擦擦眼泪，在那个相册下面留下了一句话。

她说："傻子，位置留高了。"

后来她从美国回来，他们按照那些照片上的足迹，重新走了一遍他走过的路。

这次，他是真真正正地把胳臂搭在了她的肩膀上，把她搂在了怀里。

— 完 —

总出品 | 羽番文化 翻翻动漫集团

悦读 · 越有趣

更多优质读物淘宝搜索

翻翻动漫官方店

淘宝二维码

今天也要很甜哟

总 策 划 | 沈　浩

总　　编 | 周俏茹

运营总监 | 李幸福

选题策划 | 尹　旋

统筹编辑 | 杜　婧

流程编辑 | 徐慧涟

封面设计 | 张　晗

运　　营 | 刘　涛

发　　行 | 卢　超

图书在版编目（CIP）数据

今天也要很甜哟 / 羲和清零等 著 .
—武汉：长江出版社，2018.3
ISBN 978-7-5492-5674-7
Ⅰ .①今… Ⅱ .①羲… Ⅲ .①故事 – 作品集 – 中国 – 当代 Ⅳ . ① I247.81
中国版本图书馆 CIP 数据核字（2018）第 050283 号

今天也要很甜哟　羲和清零等 著
JINTIANYEYAOHENTIANYO

出　　版 长江出版社
（武汉市解放大道 1863 号 邮政编码：430010）
出　　品 羽番文化
（武汉市洪山区创意天地艺术家工作室 4–103 邮政编码：430070）
翻翻动漫集团
（杭州市余杭区良渚文化村玉鸟流苏 15 幢 邮政编码：311113）
选题策划 羽番文化图书部
市场发行 长江出版社发行部
网　　址 http：//www.cjpress.com.cn
责任编辑 张艳艳
特约编辑 尹　旋
装帧设计 张　晗　蒋桃花
印　　刷 深圳市福圣印刷有限公司
版　　次 2018 年 3 月第 1 版
印　　次 2018 年 7 月第 2 次印刷
开　　本 787mm × 1092mm 1/32
印　　张 8.5
字　　数 228 千
书　　号 ISBN 978-7-5492-5674-7
定　　价 35.00 元

电话：027-82926557（总编室）027-82926806（市场营销部）